Margit Auer

Die Schule der magischen Tiere – Endlich Ferien

Hatice und Mette-Maja

Band 1 Rabbat und Ida

Band 2 Silas und Rick

Band 3 Henry und Leander

Band 4 Helene und Karajan

Band 5 Benni und Henrietta

Band 6 Hatice und Mette-Maja

Band 7 Max und Muriel

Band 8 Franka und Cooper

Band 1 Die Schule der magischen Tiere

Band 2 Voller Löcher!

Band 3 Licht aus!

Band 4 Abgefahren!

Band 5 Top oder Flop!

Band 6 Nass und nasser!

Band 7 Wo ist Mr. M?

Band 8 Voll verknallt!

Band 9 Versteinert!

Band 10 Hin und weg!

Band 11 Wilder, wilder Wald!

Band 12 Voll das Chaos!

Band 13 Bravo, bravissimo!

Band 14 Ach du Schreck!

Eingeschneit! Ein Winterabenteuer

Weitere Abenteuer sind in Vorbereitung.

Margit Auer

Die Schule der magischen Tiere – Endlich Ferien

Hatice und Mette-Maja

Mit Bildern von Nina Dulleck

CARLSEN

Juhu! In der Schule der magischen Tiere heißt es:
Endlich Ferien!
Die magischen Tiere packen ihre Koffer – und das Abenteuer beginnt ...

Was? Du kennst die Schule der magischen Tiere nicht?
So sieht sie aus:

Die Wintersteinschule

Eine fast ganz normale Schule. Gäbe es da nicht das Geheimnis von Miss Cornfield und Mister Mortimer Morrison ...

Miss Cornfield

Lehrerin an der Wintersteinschule. Sie ist lustig, aber auch streng. Und sie liebt Rätsel!

Mister Mortimer Morrison

Inhaber der magischen Zoohandlung. Dort gibt es magische sprechende Tiere. Er selbst hat auch eins: die freche Elster **Pinkie.**

Mr. Morrisons Omnibus

Damit fährt er um die ganze Welt und sammelt magische Tiere ein. Sprechende Tiere! Und wer ganz viel Glück hat, bekommt von Mr. Morrison einen solchen Gefährten überreicht ...

Viele, viele Kinder aus Miss Cornfields Klasse haben bereits ein magisches, sprechendes Tier von Mr. Morrison bekommen. Einen Freund fürs Leben! Der sie versteht wie kein anderer. Der mit ihnen durch dick und dünn geht. Und – das ist ja wohl klar – der mit ihnen in den Urlaub fährt, wenn es heißt: Endlich Ferien!

DIE SCHULE DER MAGISCHEN TIERE

ENDLICH FERIEN

Hatice geht in die Wintersteinschule.
Sie hatte große Angst vor Wasser –
bis sie ein magisches Tier bekam:
Mette-Maja, die freundliche Robbe aus Dänemark!*
Mit Mette-Maja macht es Spaß, im See zu planschen.
Und Schwimmen findet Hatice auf einmal ganz leicht.
Die beiden sind immer füreinander da,
sie sind die allerbesten Freundinnen …
natürlich auch in den Ferien!

Badehose an? Dann abgetaucht ins Abenteuer!

* Nachzulesen in: *Die Schule der magischen Tiere: Nass und nasser*

Inhaltsverzeichnis

Der letzte Schultag

Der Freitag begann für Hatice laut und hektisch. Ihre kleine Schwester Leyla krähte in der Küche. Türkische Musik dudelte bis in Hatices Zimmer.

Kawumm! Die Badezimmertür fiel mit einem Knall ins Schloss.

Hatice wollte gerade aufstehen, aber jetzt waren ihre Brüder Sami und Tarek schneller gewesen und blockierten das Bad. Mist!

Bis sie sich waschen und Zähne putzen konnte, würden mindestens zehn Minuten vergehen. Dabei liebte Mette-Maja die morgendliche Baderunde so sehr! Mette-Maja war eine Robbe und Hatices magisches Tier.

Eine feuchte Schnauze stieß gegen Hatices Bein. „Nicht ärgern, kleine Krabbe!“, tröstete Mette-Maja. „Bald sind

Ferien! Dann können wir schwimmen und planschen, so viel wir wollen. Das wird stor!“ Stor hieß so viel wie „toll“ oder „großartig“ auf Dänisch.

Hatice hob Mette-Maja hoch ins Bett. Dann eben noch eine Runde Kuscheln! Sie schmiegten sich aneinander und Hatice spürte die zarten Barthaare an ihrer Wange.

Es war der letzte Schultag vor den Ferien. Heute Abend würde die sechsköpfige Familie Akay in ihrem blauen VW-Bus nach Dänemark aufbrechen. Oder waren es sieben Familienmitglieder? Für Hatice schon! Für sie zählte Mette-Maja fest zur Familie. Auch wenn die anderen die Robbe für ein Spielzeugtier hielten.

Eigentlich verbrachte die Familie die Ferien immer in der Türkei, aber diesmal hatte Elif Akay, Hatices Mutter, anders entschieden.

„Wir fahren in den Norden. Nach Dänemark!“

Sami und Tarek hatten lange Gesichter gemacht. Sie wollten mit ihren Cousins Boot fahren, ins Kino gehen, abends durch die Straßen ziehen. In dem türkischen Hafenstädtchen, in dem der Vater aufgewachsen war, war immer was los.

Hatice dagegen hatte gejubelt: Dänemark! Das war die Heimat ihrer allerliebsten Robbe Mette-Maja! Wie gern wollte sie das Land kennenlernen, in dem ihr magisches Tier aufgewachsen war. Außerdem fand sie es toll, dass die Familie allein Urlaub machte – ohne die riesige Verwandtschaft drum herum.

Wums! Wieder knallte eine Tür. War das Bad jetzt frei? Hatice sprang aus dem Bett und linste in den Flur. Sami und Tarek bogen ab in die Küche. „En, to, tre! Los, Mette-Maja!“

Das ließ sich die Robbe nicht zweimal sagen. Um sich auf den Urlaub vorzubereiten, lernten Hatice und

Mette-Maja seit ein paar Tagen Dänisch. Das Zählen klappte schon ganz gut!

„Eins, zwei, drei!“ Fröhlich watschelte Mette-Maja hinter Hatice her und planschte wenig später in der Badewanne. „Es regnet!“ Mette-Maja hielt den Kopf genau unter den Wasserhahn. „Komm doch rein, kleine Krabbe!“

„Keine Zeit!“ Hatice, die gerade ihre Haare bürstete, musste lachen. „Gleich gibts Frühstück! Und danach – ab in die Schule!“

Wie froh sie war, dass sie Mette-Maja hatte! Hatice schlüpfte in ihre Shorts und das T-Shirt mit den bunten Schmetterlingen.

Während sie die Robbe aus dem Wasser holte und mit dem Handtuch abrubbelte, dachte sie daran, wie viel sie Mette-Maja zu verdanken hatte. Das Beste war: Sie hatte keine Angst mehr vor Wasser!

Hatice hatte sich so gefürchtet! Vor dem Blubbern in Nase und Ohren. Und vor dem Gefühl, wie ein Stein nach unten zu sinken, weil sie es nicht schaffte, die Arme schnell genug zu bewegen.
Dank Mette-Maja war Hatice eine richtige Wasserratte geworden. Oder war Wasserrobbe das bessere Wort?

Als die beiden fünf Minuten später die Küche betraten, glänzte Mette-Majas Fell in Hatices Armen.
„Guten Morgen!“ Elif Akay drückte ihrer Tochter ein Glas frisch gepressten Orangensaft in die Hand. „Das Schwimmtier mitzunehmen, ist eine super Idee!“
„God morgen!“, antwortete Hatice und setzte sich an den Tisch.
„Günaydin“, sagte der Vater auf Türkisch. Verschiedene

Sprachen schwirrten durch die Küche. Zwischen Deutsch und Türkisch wechselte die Familie ganz selbstverständlich hin und her, jetzt kam auch noch Dänisch hinzu.

Herr Akay schaukelte Leyla auf dem Schoß. Sami und Tarek aßen Müsli und überlegten, wie sie den letzten Schultag rumkriegen könnten.

„Erst tun wir so, als ob uns schlecht wird …“ Sami machte laute Würgegeräusche. „… und verschwinden im Krankenzimmer!“

„Dort spielen wir dann Stadt-Land-Fluss!“, fuhr Tarek fort. „Das ist besser als Physik!“

Sami war ein Jahr älter als Hatice, Tarek zwei. Weil Tarek einmal sitzen geblieben war, gingen die Brüder in dieselbe Klasse.

Hatice schmierte sich Honig auf ein Stück Fladenbrot. Mette-Maja, die sich unterm Tisch verkrochen hatte,

bekam ein Stück Fisch. Wie gut, dass Herr Akay herzhafte Sachen zum Frühstück aß!
Während Mette-Maja zufrieden schmatzte, legte Tarek beiläufig seine Beine auf ihrem Rücken ab. Klar, er dachte, die Robbe wäre ein Gummitier! Mette-Maja zuckte zusammen. Wenn fremde Menschen auf sie aufmerksam wurden, versteinerte sie und wurde blitzschnell zu einem Spielzeugtier. Diese Regel kannten alle magischen Tiere aus Hatices Klasse.
„Alles klar?“, fragte Hatice vorsichtig und beugte sich unauffällig nach unten.
„Alles klar!“, antwortete Mette-Maja und hielt ganz still.
„Tamam!“, antwortete Herr Akay, der nicht wissen konnte, dass er gar nicht gemeint war. „Alles klar!“
„Papa, wie viel Platz haben wir im Auto?“, fragte Tarek und balancierte ein Stück Banane auf seiner Zunge.

„Genug für alles, was Spaß macht!“ Mehmet Akay wippte mit den Knien. Leyla quietschte vor Vergnügen. Sami linste nach unten. „Wenn Hatice ihre Schwimmrobbe mitnimmt, dann will ich einen Delfin!“ Er zog seine Schultasche heran und warf alle Bücher in hohem Bogen auf den Boden. „Ein Delfin macht sich super am Strand!“

„Wie wäre es mit einem riesigen, aufblasbaren Donut?“, rief Herr Akay und deutete auf den Boden. „Steck mal deine Bücher schön wieder ein!“

„Nein!“, lachte Tarek. „Ich will einen Teufelsrochen! Oder doch lieber einen rosa Flamingo?“

Sami stopfte knurrend seine Schulsachen zurück in die Tasche.

Hatice strahlte. Wie sehr sie sich auf den Urlaub freute! Das würde lustig werden, wenn sie mit ihren Tieren im Meer planschten!

„Ein Hai ist super. Den hole ich mir im Sportgeschäft!“ Tarek stand auf und stellte seine Müslischüssel in die Spülmaschine.

Hatice atmete auf: Ihre Robbe war schließlich keine Fußablage! Sie schlürfte ihr Glas leer, schnappte sich ihr Pausenbrot und warf sich den Rucksack auf den Rücken.

„Ich muss los!“ Sie zog Mette-Maja unter dem Tisch hervor und nahm sie in die Arme. Wie immer, wenn Mette-Maja versteinerte, wurde sie federleicht.

„Farvel!“, rief Hatice. „Auf Wiedersehen!“

„Güle güle!“, antwortete ihre Mutter auf Türkisch. Sie wuschelte Hatice durchs Haar. „Du kannst dein Schwimmtier ruhig hierlassen! Es ist bei mir und Leyla gut aufgehoben!“

„Niemals!“ Hatice lief durch die Tür.

Familie Akay wohnte im 7. Stock eines Hochhauses. Ihre Nachbarin hieß Frau Rettich. Sie war die pingeligste Nachbarin, die man sich nur vorstellen konnte.
„Bestimmt beschwert sie sich gleich, dass das Radio zu laut ist!“, raunte Hatice Mette-Maja zu. Auf Zehenspitzen schlich sie an der Wohnungstür vorbei. Glück gehabt! Die Tür blieb zu.
Der Schulweg führte am Stadtbach entlang.
Im Gegensatz zu Sami und Tarek ging Hatice gern zur Schule. Sie mochte ihre Lehrerin, Miss Cornfield, sie mochte ihre Klassenkameraden und natürlich alle magischen Tiere.
Der Schulweg war auch schön. Es gab wenig Autos und Mette-Maja konnte im Stadtbach schwimmen.

„Guck mal, Mama, da ist ein Otter!“ Ein kleiner Junge mit großem Schulranzen deutete aufgeregt ins Wasser. Die Mutter zog den Jungen weiter. „Beeil dich! Wir kommen zu spät!“

Hatice kicherte.

Sie kamen am Fliegenpilz-Kiosk vorbei, der am Morgen noch geschlossen hatte, und stießen kurz darauf auf die Lindenallee. Mette-Maja watschelte ans Ufer, schüttelte sich – ein Radfahrer bekam eine Dusche ab.

„Was soll das!“, schimpfte er. „Warum ist der Hund nicht an der Leine?“ Hatice musste grinsen. Sie wunderte sich immer, wie unaufmerksam viele Menschen waren. Sie verpassten so viele spannende Dinge!

Die Wintersteinschule kam in Sicht und immer mehr Schüler strömten auf den roten Backsteinbau zu.

Max und Henry, zwei Klassenkameraden, stiegen aus ihren Schulbussen. Max hatte seine Eule Muriel dabei, Henry den Leoparden Leander.

Ida und Jo spazierten den Kiesweg entlang. Begleitet wurden sie von einem Fuchs und einem Pinguin. Sie alle gehörten zu Hatices Klasse.

Hatice beobachtete das Getümmel vor der Schule. Überall standen Schüler, die aufgeregt von ihren Urlaubsplänen erzählten.

Und wieder fielen niemand die Tiere auf, die im Schulgarten herumtobten!

Peperoni, Schokis Pinselohrschwein, galoppierte mit einem halben Schokohörnchen im Mund den Kiesweg entlang. William, Lothars Känguru, hüpfte über einen Rosenbusch. Und dann plumpste auch noch Sydney, Finjas magisches Koalamädchen, vom Baum!

Die Tiere waren das große Geheimnis der Klasse. Mr.

Morrison, der Inhaber der magischen Zoohandlung, brachte sie zu den Kindern. Erst schickte er eine Nachricht, dann überreichte er das Tier. Ida hatte den Fuchs Rabbat bekommen, Jo den Pinguin Juri. Für Hatice war die Robbe Mette-Maja bestimmt gewesen! Mr. Morrison wusste genau, welches Tier zu welchem Kind gehörte.

Die Übergabe hatte am Schulteich stattgefunden, da, wo sich Mette-Maja auch jetzt wieder tummelte. Und das Tollste war: Die Tiere konnten nicht nur miteinander reden, sondern auch mit ihren Gefährten!

„Kommst du?“, rief Hatice und schon watschelte die Robbe auf sie zu.

Ihr Klassenzimmer befand sich im ersten Stock, die meisten Klassenkameraden waren schon da.
Helene thronte auf dem Pult, auf ihrem Schoß lag Karajan, der schwarze Kater. Sie verkündete ihre Urlaubspläne: „Shoppen, shoppen, shoppen!“
„Hi Sibel!“ Hatice ließ sich auf den Stuhl neben ihrer besten Freundin fallen und kramte ihre Hefte hervor.
„Du hast es echt gut!“ Sibel stupste sie an. „Du fährst nach Dänemark! Eine ganze Woche am Meer!“
„Das wird super!“ Hatice strahlte. „Endlich kann ich mit Sami und Tarek auf Expedition gehen!“
Sibel nickte. Sie wusste, wie traurig Hatice letztes Jahr gewesen war. Die Brüder waren mit ihren Taucherbrillen losgezogen und hatten Meeresforscher gespielt und Hatice hatte nur zugucken können.
„Hoffentlich beißt dich kein Zackenbarsch in den Zeh“, meinte Sibel.

„Mette-Maja passt auf mich auf", lachte Hatice.
„Stimmts?" Sie tätschelte ihre silbergraue Robbe, die es sich am Boden gemütlich gemacht hatte.
„Na klar, kleine Krabbe!" Mette-Maja kugelte auf ihrem Speckbäuchlein hin und her.
Max, der Professor, drehte sich zu den beiden Mädchen um. „Barsche leben nicht im Meer, nur im Süßwasser! Fährst du an die Nordsee oder an die Ostsee?" Er rückte seine Brille zurecht.
„Äh, wir fahren links die Küste hoch!", antwortete Hatice. „Das ist … Westen?"
„Also Nordsee!" Max ordnete den Bücherstapel auf seinem Pult. „Wisst ihr, dass auch Grönland zu Dänemark gehört?"
Sibel kitzelte ihn mit dem Lineal am Rücken. „Hatice fährt aber nicht nach Grönland! Was machen Sie eigentlich in Ihrem Urlaub, Herr Professor?"

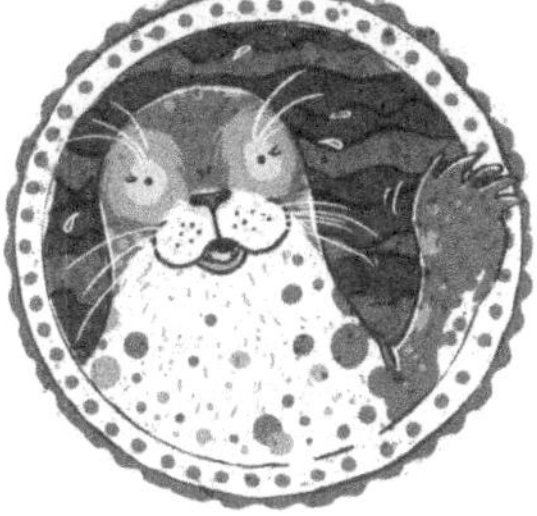

Max kam nicht dazu zu antworten, denn um Punkt acht ertönte der Gong und Miss Cornfield, die Lehrerin, rauschte herein. Sie klatschte in die Hände. „Ruhe, bitte! Bald habt ihr es geschafft. Nur noch eine Doppelstunde Mathe, eine Doppelstunde Deutsch, dann zusammenkehren und – ab in die Ferien!“ Ihre Augen blitzten. „Seite 122, bitte!“

Alle stöhnten und schlugen ihre Mathebücher auf. Während Sibel versuchte, sich auf Dreiecke und Parallelogramme zu konzentrieren, beobachtete Hatice die anderen magischen Tiere: Benni fütterte seine Schildkröte Henrietta mit Gurkenscheiben.

Sydney saß auf dem Fensterbrett und knabberte an einer Grünpflanze. Meerschweinchen Madonna machte einen Hechtsprung in Henriettas Schuhkarton und rollte sich mit einem Purzelbaum ab. Hatice kicherte und auch Sibel prustete los.

Auf Mathe folgte eine Doppelstunde Deutsch. Der Zeiger der Klassenzimmeruhr rückte nur im Schneckentempo vor.

Hatice blickte aus dem Fenster. Sie freute sich schon so darauf, mit Mette-Maja im Wasser zu planschen! Sie waren noch nie zusammen am Meer gewesen.

„Das Wasser trägt dich und du schaukelst auf den Wellen wie auf einer Luftmatratze", hatte Mette-Maja versprochen, als sie gestern Abend zusammen im Bett lagen und vor Aufregung nicht einschlafen konnten. „Wenn du tauchst, entdeckst du eine neue Welt!"

Miss Cornfield diktierte ein Gedicht von Joachim Ringelnatz, Hatice hörte nur mit einem Ohr zu. Sie träumte von Korallen und Seegräsern, die am Meeresboden hin und her wogten. Sie musste unbedingt daran denken, ihre Taucherbrille einzupacken!

„Hatice, was habe ich gerade gesagt?“ Plötzlich stand die Lehrerin vor ihr.

Hatice starrte auf das Heft, das aufgeschlagen vor ihr lag. „Äh, dass in Hamburg Ameisen leben?“ Sie hatte mitgeschrieben, ohne nachzudenken.

„Falsch!“ Miss Cornfield hob tadelnd den Zeigefinger. „Ihr sollt eure Turnsachen zum Waschen mit nach Hause nehmen!“

„Genau!“, murmelte Hatice. „Und den Malkittel nicht vergessen!“

Kurz vor Schulschluss verteilte Miss Cornfield Hausaufgaben.

„Punkt eins“, verkündete sie. „Lange ausschlafen.“

Einige Kinder kicherten.

„Punkt zwei“, fuhr die Lehrerin fort. „Jeden Tag ein großes Eis essen.“

„Geht auch ispind?“, gluckste Mette-Maja. Das war das dänische Wort für „Eis am Stiel“, das hatten sie gestern im Wörterbuch nachgeschlagen.

„Bestimmt“, meinte Hatice.

„Punkt drei“, machte Miss Cornfield weiter. „Mir eine Postkarte schreiben.“

Hatice und Sibel wechselten einen Blick.

„Echt jetzt?“, ächzte Sibel.

Hatice zuckte mit den Schultern. *„Schönes Wetter hier!“*, das würde sie schon hinkriegen.

Die Lehrerin war noch nicht fertig: „Und dann gibt es noch eine Sache.“

Miss Cornfield begann, in ihrer Ledertasche zu kramen. Sie zog 24 weiße Briefumschläge hervor, die sie zu einem Fächer ordnete.

Auf einmal war es mucksmäuschenstill im Klassenzimmer. Mette-Maja reckte ihre Schnauze. Warum flogen plötzlich silberne Sternchen durch die Luft? Hatice rieb sich verblüfft die Stirn.

„Die Welt steckt voller Überraschungen. Ich möchte, dass ihr mit offenen Augen durchs Leben geht. Auch in den Ferien.“ Die Lehrerin ließ ihren Blick durch die Klasse schweifen. „Jedes Kuvert enthält ein Rätsel. Eure Aufgabe besteht darin, das Rätsel zu lösen. Wenn ihr es geknackt habt, schreibt ihr mir eine Postkarte. Verstanden?“

Immer mehr Sternchen wirbelten durchs Klassenzimmer. Jetzt leuchteten auch noch hellblaue Buchstaben an der Tafel auf!

„Wir haben die verrückteste Lehrerin der Welt!“, stöhnte Sibel.

„Aufstehen!“, flüsterte Hatice.

Wie auf ein geheimes Kommando fingen alle Kinder und Tiere an zu sprechen. Auch Mette-Maja holte tief Luft. Und schon schallte es laut und deutlich durchs Klassenzimmer:

„Ob nah und fern, ob hier und dort,
Rätsel gibts an jedem Ort.
Wir nehmen alle Müh in Kauf
und niemand, niemand hält uns auf."

Sie waren so angestrengt bei der Sache, dass niemand das leise Klopfen hörte. Vorsichtig öffnete sich die Tür und hereinspazierte – Mr. Morrison!
Er hatte einen Koffer in der Hand. Auf seinem Schlapphut saß Pinkie, die Elster.
„Bekommt heute noch jemand ein magisches Tier?", rief Ida.

Mr. Morrison räusperte sich. „Ähm, nein …“, stotterte er. „Ich bin auf der Suche nach Ashanti. Sie ist mal wieder ausgebüxt!“

Die Klasse stöhnte laut auf. Ashanti war eine gefährliche Giftschlange. Niemand hatte Lust, ihr zu begegnen.

Über Miss Cornfields Gesicht huschte ein breites Lächeln. „Wir gucken später bei Hausmeister Willi Wondraschek vorbei“, sagte sie. „Bestimmt schläft Ashanti wieder unterm Fernsehsessel. Aber erst habe ich noch etwas zu verteilen.“

Sie griff nach den 24 weißen Kuverts und schritt durch die Reihen.

Obwohl keine Namen auf den Briefumschlägen standen, wusste Miss Cornfield genau, welcher Brief für welches Kind war.
Ida und Benni waren als Erste dran, es folgten Max und Eddie.
Kurz darauf stand die Lehrerin vor Sibel und Hatice. Zwei Kuverts segelten herab. Wie geheimnisvoll die roten Sternensiegel glänzten!
Sibel hielt ihren Brief gegen das Licht. „Bitte, bitte enttäusche mich nicht! Wenn Matheaufgaben drin sind, wechsle ich die Schule!“
„Vielleicht bekommen wir Gutscheine“, überlegte Ronja. „Fürs Eiscafé Roma!“
„Oder für die Tanz-AG!“, johlte Yannik. „Hoch das Bein!“ Er nahm seinen Schimpansen Tingo in den Arm und machte eine schwungvolle Drehung.
Bald war die ganze Klasse versorgt.

Nun mussten sie nur noch aufräumen!
Hund Toffi zerrte hinter dem Regal einen Hausschuh hervor. Mette-Maja erschnüffelte ein altes Blätterteigröllchen unter Hatices Pult. Silas packte mit spitzen Fingern seine stinkenden Turnschuhe in die Tasche.
Dann klingelte es. Endlich, endlich war die Schule aus. Die Kinder und ihre magischen Gefährten stürmten nach draußen.
„Kümmert euch gut um eure Tiere!“, rief Miss Cornfield der Schülerschar hinterher und Mr. Morrison nickte eifrig.
Sibel und Hatice flitzten nach unten und hüpften durch den Schulgarten. „Endlich Ferien!“, jubelten sie. Der Teich lag spiegelglatt in der Mittagssonne. Mette-Maja glitt hinein.
Platsch!

Juri sprang hinterher.

Einige Kinder konnten es kaum erwarten, nach Hause zu kommen. Andere standen herum und unterhielten sich über ihre versiegelten Briefe.

„Vielleicht sind es Klappkarten, die anfangen zu singen, wenn wir sie öffnen“, überlegte Zack.

„Schubi-du, schubi-da-di-du!“, flötete Zeki, sein magisches Stachelschwein.

„Oder sie explodieren!“, rätselte Katinka. „Dann ist die Hausi schnell erledigt!“

Henry marschierte schnurstracks zu einer schwarzen Limousine, die in zweiter Reihe auf ihn wartete.

„Schickes Auto!“, staunte Sibel. „Sogar mit eigenem Chauffeur!“ Ein freundlicher Herr mit Mütze und Sakko wartete neben dem geöffneten Kofferraum.

Hatice zuckte zusammen. Auf dem Beifahrersitz saß Frau Rettich, ihre Nachbarin!

„Was machen Sie denn hier?“, fragte Hatice mit großen Augen.

„Es ist ja wohl nicht verboten, ein paar Tage im Ausland zu verbringen!“, antwortete Frau Rettich spitz. „Ich begleite Henry zu seinen Großeltern!“

Hatice wusste, dass Frau Rettich als Haushälterin bei Henrys Familie arbeitete. Dass sie Henrys Babysitterin war, war ihr neu.

„Wir fahren nach Österreich!“, fuhr Frau Rettich fort. „Familie von Waldenfels besitzt dort ein Schloss. Das muss mal wieder gründlich durchgeputzt werden!“

Henrys Schultern sackten immer weiter nach unten und auch Leander umkreiste missmutig den vornehmen Wagen. Anscheinend hatten die beiden keine Ahnung gehabt, wer sie in den Urlaub begleitete.

„Schöne Ferien!“, lachte Sibel.

„Armer Henry“, meinte Hatice.

1 Butterbirne und Erbsenhirn

Sibel und Hatice trödelten zusammen nach Hause, während Mette-Maja durch den Stadtbach paddelte. Am Fliegenpilz-Kiosk trennten sich ihre Wege.
„Pass gut auf dich auf!“ Sibel umarmte Hatice. „Du weißt schon: Quallen, Sägefische, Seepferdchen ... im Meer lauern viele Gefahren!“
Hatice lachte. „Im Schwimmbad aber auch! Du kannst dich an Zuckerwaffeln verschlucken, auf einer Bademütze ausrutschen oder Silas und sein gefährliches Krokodil treffen!“

Sie drückten einander, so fest sie konnten. Mette-Maja, die schnell aus dem Stadtbach kletterte, schüttelte sich und spritzte Sibel nass. Das war ihre Art, sich von Hatices bester Freundin zu verabschieden.

„He!“, protestierte diese und lachte. „Viel Spaß beim Tauchen, ihr beiden! Du musst mir alles erzählen, Hatice!“

Hatice nickte. „In einer Woche bin ich zurück!“

Ihre Finger kribbelten. Was bis dahin wohl alles passierte?

Gut gelaunt flitzte Hatice nach Hause: die Straße entlang, sieben Stockwerke hoch, an Frau Rettichs Tür vorbei – *Ding-Dong*!

„Na, wie war der letzte Schultag vor den Ferien?“ Hatices Mutter öffnete die Tür. Am Ohr hielt sie das Telefon. „Hattest du gerade Schwimmunterricht?“ Sie deutete auf Mette-Maja. Auf ihrem Fell perlten Wassertropfen.

„Sie ist in den Stadtbach gefallen!“, antwortete Hatice und schleuderte ihre Schuhe in die Ecke.
Stadtbach stimmte! Allerdings war Mette-Maja selbst hineingehüpft.
So genau wollte es Frau Akay gar nicht wissen, sie war schon wieder am Telefon. „Ja, kann ich machen!“, rief sie in den Hörer. „Gut, klar, ich melde mich nach dem Urlaub.“ Hatices Mutter arbeitete in einem Supermarkt, anscheinend musste sie mit ihrer Chefin den Dienstplan für den nächsten Monat abstimmen.
Hatice warf ihren Turnbeutel ins Bad. „Ich freu mich so auf Dänemark!“ Sie schlitterte auf Socken den Flur entlang. „In diesem Sommer mache ich alles mit! Denn jetzt kann ich schwimmen!“
Sie warf Mette-Maja in die Luft und fing sie wieder auf. „Wir gehen auf Unterwasserexpedition mit Sami und Tarek!“, sang Hatice weiter und öffnete die Tür zu ihrem Zimmer. „Ich tauche nach bunten Steinen und leeren Schneckenhäusern.“
„Guter Plan!“, rief ihr Frau Akay hinterher. „In einer Stunde gibts Mittagessen!“

Sonnenstrahlen fielen durchs Fenster, Hatices Poster an der Wand leuchteten: der Strand in der Abendsonne, der Hafen voller Segelschiffe und die Robbenherde im Sand.
Bald würde sie das alles mit eigenen Augen sehen!
Hatice drehte ihre Schultasche um. Heraus purzelten Bücher, Hefte, Stifte, Bastelschere, Spitzer- und Wollreste und zusammengeknüllte Zettel. Und eine vergammelte Bananenschale. Sie aß aber nie Bananen!
Ob Tingo, der Schimpanse, die in ihre Tasche geschmuggelt hatte? Hatice kicherte: Tingo spielte gern Streiche!
Mette-Maja schnupperte an dem Brief mit dem roten Sternensiegel, der ebenfalls auf den Boden gefallen war.
„Riecht nach nichts!“, stellte sie fest. Sie versuchte, den Brief auf ihrer Nase zu balancieren. Wie im Zirkus!
Im selben Moment schwang die Tür auf und wer krabbelte herein? Leyla!

Der Brief purzelte von Mette-Majas Nase und landete genau vor Hatices kleiner Schwester. Die setzte sich auf und applaudierte mit ihren Patschehändchen.
Hatice legte den Brief schnell aufs Fensterbrett. Nicht, dass Leyla ihn zerknitterte!
Hatice ließ sich nach hinten fallen und streckte beide Arme zur Seite. Aufräumen und Packen konnte sie vergessen mit Leyla im Zimmer …
Sie schloss die Augen. Eine Glückswelle schwappte durch ihren Körper. Sie spürte Sonnenstrahlen auf ihrem Gesicht und sie spürte noch mehr.
Mette-Maja robbte heran. Sie schmiegte ihren samtweichen Kopf an Hatices Brust und legte eine Flosse um ihren Bauch. Wie gut sie roch! Nach Meer und Algen und Abenteuer!
Von der anderen Seite kam das Schwesterchen angekrabbelt. Auch sie legte ihr Köpfchen auf Hatice ab. Wie weich Leylas Locken waren! Und auch sie duftete herrlich! Nach Brei und Apfel und Familie!
Hatice spürte bis in die Fingerspitzen: Dieser Sommer würde anders werden als alle Sommer zuvor.

Im letzten Jahr, beim Urlaub in der Türkei, hatte sie sich so klein gefühlt.
Sie hatte neidisch zugesehen, wie Sami und Tarek Forscher spielten und alle möglichen Schätze ans Ufer brachten: alte Scherben, Muscheln, bunte Glasstückchen, die das Meer glatt geschliffen hatte.
Die Sammlung zierte seitdem das Fensterbrett in der Küche, wo die Mutter sie einmal pro Woche sorgsam abstaubte.
Diesmal würde sie mitmachen!
Sie streichelte die Köpfchen von Leyla und Mette-Maja und blieb so lange liegen, bis ihre Mutter zum Essen rief.

Zum Mittagessen gab es Auberginenauflauf und als Nachtisch Pudding.
„Afiyet olsun!“, sagte Elif Akay. „Guten Appetit!“
„Schmeckt fein“, versicherte Mette-Maja, die wie immer unterm Tisch lag.

Während ihre Brüder darüber stritten, wer die größere Portion bekam, schob Hatice Mette-Maja immer wieder was zu.

Alle saßen um den Tisch herum. Mehmet Akay fütterte Leyla, die im Hochstuhl zappelte. „Mein Chef hat mich früher nach Hause geschickt!“, verkündete er. Herr Akay arbeitete in einem Baumarkt und brachte oft Sachen mit, die einen kleinen Fehler hatten. Heute waren das eine Hängematte mit ausgeblichenem Stoff und Sandspielzeug.

„Meins!“ Tarek zog Sami den Teller weg.

„Ist es nicht!“ Eine Hand schnellte nach vorn. Jetzt hatte Sami die große Schüssel Vanillepudding vor sich stehen.

„Sami!“, mahnte Frau

Akay und stellte den Nachtisch wieder in die Mitte.

Papa erzählte von einer falschen Holzlieferung, Mama berichtete von ihrem Arbeitseinsatz am Vormittag. „Ich musste zwei Stunden lang die Kasse machen.“ Tarek ärgerte sich darüber, dass das Pupskissen, das er in die Schule mitgenommen hatte, nicht laut genug gepupst hatte. „Unser Lehrer hat gar nichts gemerkt!“

„Das mit dem Krankenzimmer hat auch nicht geklappt!“, beschwerte sich Sami, der sich den Pudding inzwischen auf einen kleinen Teller gehäuft hatte.

„Stadt-Land-Fluss haben wir aber trotzdem gespielt“, grinste Tarek. „Nur mit anderen Kategorien: Schauspieler, Eissorten, Schimpfwörter. Wollt ihr mal hören?“

„Nein!“, schallte es ihm entgegen, Tarek legte aber trotzdem los: „Affengesicht! Butterbirne, Clownsnase!“

„Schluss!“, rief Elif Akay.

„Dödel, Erbsenhirn …!“

Mette-Maja kicherte unterm Küchentisch.

„Ruhe!“, donnerte Mehmet Akay.

„Dödel!“, babbelte Leyla.

2 Fahrt durch die Nacht

Nachmittags standen Elif und Mehmet Akay in der Küche und schmierten Fladenbrote für die lange Autofahrt.

„Fast fertig!“, riefen sie Hatice entgegen. „Was magst du draufhaben?“

„Krabben mit Ei!“, rief Hatice. Sie war im Supermarkt gewesen, um Fischleckerlis für Mette-Maja zu kaufen. Für alle Fälle.

„Haben wir nicht!“, antwortete ihr Vater.

„Dann Fischfilet!“, meinte Hatice und verschwand mit

Mette-Maja in ihrem Zimmer. „Ich packe meine Sachen!“

„Gleich helf ich dir!“, versprach die Mutter.

„Und wer hilft mir?“, jammerte der Vater.

Hatice warf Kleider, Bücher, Sandalen und Turnschuhe auf einen Haufen. Und ein leeres Schulheft! Sie wollte alle Dinge aufschreiben oder aufmalen, die sie aus dem Meer fischte. Die Fischleckerlis steckte sie außen in die Reisetasche, als Proviant für die Fahrt.

Hatices Mutter kam herein und riss das Fenster auf.

„Hier stinkt es wie im Zoo!“

Mette-Maja zwinkerte Hatice zu. Manchmal roch die Robbe tatsächlich nach Aquarium.

Nicht schlecht, fand Hatice.

Muffig, fand ihre Mutter.

Elif Akay legte Pullis und lange Hosen auf Hatices Haufen. „Im Norden pfeift der Wind!“

Die Vorhänge blähten sich auf.

„Genau so“, lachte die Mutter.

Sie schleppten Unmengen Gepäck ins Auto: Koffer, Reisetaschen, einen Stapel Handtücher, die Kühlbox, Wasserflaschen, Kinderwagen, Wickeltasche.
Gegen 19:30 Uhr war Familie Akay bereit zur Abfahrt. Hatice quetschte sich mit Mette-Maja auf die Rückbank, neben ihr saß Sami.
„Das ist nicht dein Ernst, oder?“, moserte er.
„Das ist mein Einschlafkissen!“, antwortete Hatice und bettete ihren Kopf auf den weichen Robbenrücken. „Puste du doch deinen Delfin auf! Du wirst sehen: Bequemer gehts nicht!“ Sie spürte Mette-Majas Herzschlag und tätschelte sie.
Die Mutter fuhr los. „Die Fahrt dauert nur zehn Stunden!“
„Nur?“, japste Mette-Maja. Sie rollten durch die Straßen. „Hatice!“, flüsterte plötzlich die Robbe. „Wir haben etwas Wichtiges vergessen!“
„Was denn?“, fragte Hatice.
„Den Brief!“, hauchte Mette-Maja.

Hatice wurde blass. „Mama! Sofort umdrehen!“
Zum Glück waren sie erst am Stadtrand.
Hatice bekam den Schlüssel, nahm den Lift und schloss die Tür auf. Mit Herzklopfen raste sie in ihr Zimmer, guckte aufs Fensterbrett – und atmete erleichtert auf. Da lag er, der Brief!
Zehn schreckliche Minuten lang hatte sich Hatice Sorgen gemacht, dass der Wind ihn vielleicht nach draußen geweht hatte. Sie presste den Brief an ihre Brust und raste nach unten.
„Jetzt brauchen wir eine Viertelstunde länger nach Dänemark“, beschwerte sich Tarek.
Da drehte sich der Vater um und erinnerte ihn daran, dass sie vor vielen Jahren 80 Kilometer zurückgefahren waren, weil er seinen Teddybären vergessen hatte.

Erst fuhren sie auf der Landstraße, dann auf der Autobahn. Während der Fahrt spielten sie Stadt-Land-Fluss nach der Sami-und-Tarek-Methode:

„Fusselpflaume“, rief Sami.
„Gurkenpups!“, steuerte Tarek bei.
„Hollischolli!“, fiel Hatice ein.
„Dödel“, babbelte Leyla.
Nach dem „Schimpfwörter-Abc“ ging es weiter mit „Lustige Sätze aus Autokennzeichen machen“. Die Zahlen durfte man mittendrin einbauen. Mette-Maja hatte viele gute Ideen. Aus „IN – GG – 67“ machte sie: „In Norwegen gackern 67 Gardinenhühner.“ Aus „HH – NM – 134“ wurde: „Huch! Heribert niest 134 Mal!“
Sie lauschten einem Hörspiel, in dem Kinder unter Wasser nach Edelsteinen tauchten.
Hatices Augen leuchteten. „Oh ja, das machen wir auch! Wir schauen, was es im Meer alles gibt. Welche Gräser, welche Fische und ob dort viel Plastik schwimmt. Vielleicht finden wir auch einen Schatz!“
„Ja, ja“, brummelten die beiden Brüder.
„Mir ist heiß“, murmelte Mette-Maja. „Ich brauche eine Pause!“
„Ich muss aufs Klo!“, rief Hatice nach vorne.

Neben ihr zappelte Leyla mit knallroten Backen in ihrem Kindersitz herum.
Die Mutter nickte. „Gute Idee! Leyla kann auch nicht mehr sitzen!“
Doch dann entdeckte Hatice ein Schild: Rastplatz mit Badesee in 20 Kilometern! Schnell rief sie: „Nein, doch nicht!“
Sami und Tarek schüttelten sich vor Lachen. „Gleich pinkelt Hatice in die Hose!“
Hatice wusste nicht, was sie sagen sollte.
„Du musst Leyla beruhigen“, flüsterte sie Mette-Maja zu. „Damit sie zwanzig Kilometer durchhält! En, to, tre – los!“
„Sicher?“, fragte Mette-Maja vorsichtig nach. „Dazu muss ich mich aus der Versteinerung lösen!“
„Mach nur!“, nickte Hatice.
Also wippte Mette-Maja mit den Barthaaren, schnitt Grimassen und strich mit der Flosse über Leylas Gesicht.
Leyla strampelte vor Vergnügen.
„Kannst du zaubern?“, rief Elif Akay nach hinten.

„Ein bisschen!“, antwortete Hatice und steckte Mette-Maja ein Fischleckerli zu.

Der Badesee lag direkt neben der Raststätte. Es war ein warmer Sommerabend, aber niemand war im Wasser. Einige Urlauber picknickten unter einer Straßenlaterne.
Mette-Maja stupste Hatice an. „Springen wir zusammen rein?“
„Später!“, entschuldigte sich Hatice. „Ich muss nämlich wirklich aufs Klo, und zwar sehr, sehr schnell!“ Sie trippelte von einem Fuß auf den anderen.
„Ochhhh!“ Enttäuscht klimperte Mette-Maja mit den Augenlidern.
Doch dann riefen Sami und Tarek plötzlich: „Dürfen wir dein Gummitier haben?“
Hatice zauderte: Echt jetzt? Das war gegen die Regeln! Mette-Maja warf Hatice einen sehnsüchtigen Blick zu. Hatice spürte, wie dringend Mette-Maja eine

Erfrischung brauchte. Aber konnte sie zulassen, dass ihre Robbe mit den Brüdern spielte?
Hatice sah sich um.
Die Eltern breiteten eine Decke aus, damit Leyla krabbeln konnte. Ihre Brüder hatten schon die Badehosen an. Mette-Majas Flossen zuckten vor Vorfreude.
„Aber nur kurz!“, entschied Hatice und flitzte so schnell wie möglich zum Toilettenhäuschen.
Oje, die Schlange war lang!

Mette-Maja glitt ins Wasser.
„Oh, wie ist die denn reingekommen?“ Sami und Tarek rissen die Augen auf. Und sprangen hinterher.
Die Robbe wusste nicht, wie sie sich verhalten sollte. Durfte sie auch untertauchen? Jetzt hätte sie doch gern Hatice an ihrer Seite gehabt.
Mette-Maja traute sich kaum, die Schnauze zu heben. Eigentlich müsste sie ein Gummitier sein!

Aber es tat so gut, durchs Wasser zu gleiten! Und es war schon fast dunkel!

Wo blieb Hatice, ihre allerbeste Freundin? Es konnte doch nicht so lange dauern, aufs Klo zu gehen?

„Attacke!“, rief Sami und warf sich auf Mette-Majas Rücken.

„Aua!“, quietschte Mette-Maja und erschrak.

Doch dann fiel ihr ein, dass Sami sie nicht verstehen konnte.

Sami umklammerte ihren Bauch, seine Fingernägel krallten sich in ihre Flanken. Das tat weh!

Sollte sie so tun, als würde sie Luft verlieren? Mette-Maja blieb keine andere Wahl.

Sami guckte verdutzt, als die Robbe ein zischendes Geräusch von sich gab und unter ihm wegflutschte. Er winkte seinen Bruder heran, aber Mette-Maja war mit wenigen Zügen davongeschwommen.

Sami und Tarek nahmen die Verfolgung auf. Doch komisch: Sie konnten noch so oft nach der Robbe greifen – dieses doofe Gummitier war immer schneller!

Mette-Maja wurde übermütig. Sie tauchte bis zum

Grund, schlug einen Purzelbaum im Wasser und schoss wieder nach oben. Es war herrlich!

Dabei entfernte sie sich immer weiter vom Ufer.

„Hatice wird sauer sein, wenn ihr Lieblingsspielzeug weg ist!“, murmelte Sami.

Mette-Maja paddelte näher heran.

„Wir können ihr eine neue Plastikrobbe kaufen“, überlegte Tarek. „In Ferienorten gibts die an jeder Ecke!“

Mette-Maja streckte empört den Kopf aus dem Wasser. Tarek war ein Erbsenhirn! So leicht war sie nicht zu ersetzen!

Mit wenigen Flossenschlägen war sie zurück bei Sami und Tarek.

Tarek entdeckte sie sofort. „Da ist sie ja!“ Er zog die Robbe an der Schwanzflosse.

„Hilfe!“, blubberte Mette-Maja. „Gurkenpups!“ Mit Schimpfwörtern kannte sie sich jetzt aus.

„Angriff!“, rief Sami und warf sich auf das Tier.

Endlich kam Hatice angerannt.

Als sie sah, in welch verzweifelter Lage Mette-Maja

war, schlüpfte sie hastig in ihren Badeanzug und sprang ins Wasser.
Boah, war das kalt! Einen Moment lang blieb ihr die Luft weg. Aber Hatice war mutig.

Sie schwamm zu Sami und tauchte ihn unter.
„He!" stöhnte er, als er wieder nach oben kam.
Er zog Hatice an den Haaren. Aber sofort war Mette-Maja da und zwickte Sami in den Po. Der kapierte nicht, was los war. „Lass das, Tarek!", brüllte er.
Mette-Maja schwamm näher an Hatice heran. „Du kannst dich bei mir festhalten!", flüsterte sie. Sie drehten zusammen ein paar Runden, dann paddelten sie ans Ufer. Hatice watete an Land.

„Unsere Tochter ist eine echte Wasserratte geworden“, freute sich Frau Akay.
Ihr Mann nickte. „Groß ist sie! Und längst nicht mehr so ängstlich wie früher!“ Er nahm ein Handtuch und rubbelte seine Tochter trocken.

Sie zogen sich warme Jogginganzüge an, verstauten die nassen Badesachen im Kofferraum und fuhren weiter. Die Pause hatte allen gutgetan, eine friedliche Stimmung breitete sich aus.
Hatice packte ihr Fladenbrot aus und teilte es mit Mette-Maja. Aus dem Radio ertönte leise Musik.
„Schmeckt sehr gut“, sagte Mette-Maja. „Tak!“ Das hieß „Danke“ auf Dänisch.
Die Familie erzählte sich Geschichten von den letzten Reisen.
„Wisst ihr noch, wie Tarek schon nach der dritten Kurve kotzübel war?“, kicherte Sami.
„Dafür hast du geheult, weil Mama deine Süßigkeiten

vergessen hatte!“, erinnerte ihn Tarek. „Papa musste bei jeder Raststätte rausfahren und gucken, ob sie Saure Pommes haben!“

„Das ist aber schon sehr lange her“, murmelte Sami verlegen.

Hatice drückte Mette-Maja fest an sich.

„God nat“, flüsterte die Robbe.

„Gute Nacht!“, antwortete Hatice.

„Iyi geceler!“, tönte es von allen Seiten zurück.

Hatice schmiegte sich an ihre Gefährtin und schlummerte schon bald tief und fest.

3 Wie schön das Meer glitzert!

Als Hatice aufwachte, parkte der blaue VW-Bus vor einem Geschäft. Hatice streckte sich. Im Schaufenster türmten sich Fischdosen, Kekspackungen und Gasflaschen. Vor dem Laden flatterte eine rote Flagge mit weißem Kreuz im Wind. Angekommen!

Der Wagen war leer, neben Hatice kauerte nur Mette-Maja. Die Robbe schlug die Augen auf.

„Ich rieche das Meer, kleine Krabbe!", rief sie überglücklich und hob ihre graue Nase. „Schnell! Wer als Erstes im Wasser ist!"

Sie kletterten aus dem Auto. Der Wind strich über Hatices Wangen, Möwen kreischten. Wenn Hatice nach links guckte, sah sie das Dorf. Viel war nicht los, nur eine grau-weiße Katze huschte über die Straße. Rechts ging es einen sandigen Hügel hoch. Mette-Maja watschelte, ohne sich noch einmal umzudrehen, darauf zu. „Hier sind wir richtig!" Sie verschwand im Schilf.

Hatice war unschlüssig. Konnte sie einfach loslaufen? Im selben Moment streckte Frau Akay den Kopf aus der Ladentür. „Der Laden gehört Kirsten, der Vermieterin unseres Ferienhauses. Sie sucht gerade den Schlüssel, aber ich habe das Gefühl, das kann dauern. Sie ist ein wenig chaotisch, diese Kirsten. Willst du an den Strand?" Sie lachte Hatice zu. Hatice nickte. „Dann treffen wir uns gleich alle dort!", rief Frau Akay.

Alle? War damit auch Mette-Maja gemeint?

Hatice rannte los. Wie gut es tat, die Beine zu bewegen. Schneller, schneller! Sie sauste den Weg entlang – und blieb wie gebannt stehen. Vor ihr glitzerte das Meer in allen Farben. Das Wasser war nicht einfach blau. Nein, es war hellblau und dunkelblau und ein bisschen türkis, je nachdem, wie das Licht gerade darauf fiel.

Als sich die Sonne hinter einer Wolke versteckte, wurde das Meer tiefschwarz. Als die Sonne wieder hervorkam, tanzten plötzlich tausend funkelnde Sterne auf dem Meer. Und mittendrin sprang eine Robbe übermütig durch die Wellen!

Hatice lachte und winkte Mette-Maja zu. Doch die schien sie gar nicht zu bemerken, so ausgelassen tobte sie durchs Wasser!

Am Horizont kreuzten bunte Segelschiffe hin und her.

In einiger Entfernung entdeckte Hatice eine kleine Insel mit einer knorrigen Kiefer darauf. Ob man dorthin schwimmen konnte? Sie konnte nicht abschätzen, wie weit es war.
Hatice streifte die Turnschuhe von den Füßen und spazierte barfuß durch den Sand.
Zwei Jogger liefen am Strand entlang, eine Familie malte mit Stöcken Bilder in den Sand. In der Ferne entdeckte Hatice ein Freizeitgelände mit Volleyballfeld und Tischtennisplatten. Das Gejohle der Spieler schallte zu ihr herüber.
Staunend blickte sie übers Wasser.
Klar, in der Türkei war sie schon oft am Meer gewesen. Aber nie hatte sie eine Robbe als allerbeste Freundin dabeigehabt! Ins Wasser hatte sie sich nur bis zu den Knöcheln getraut.

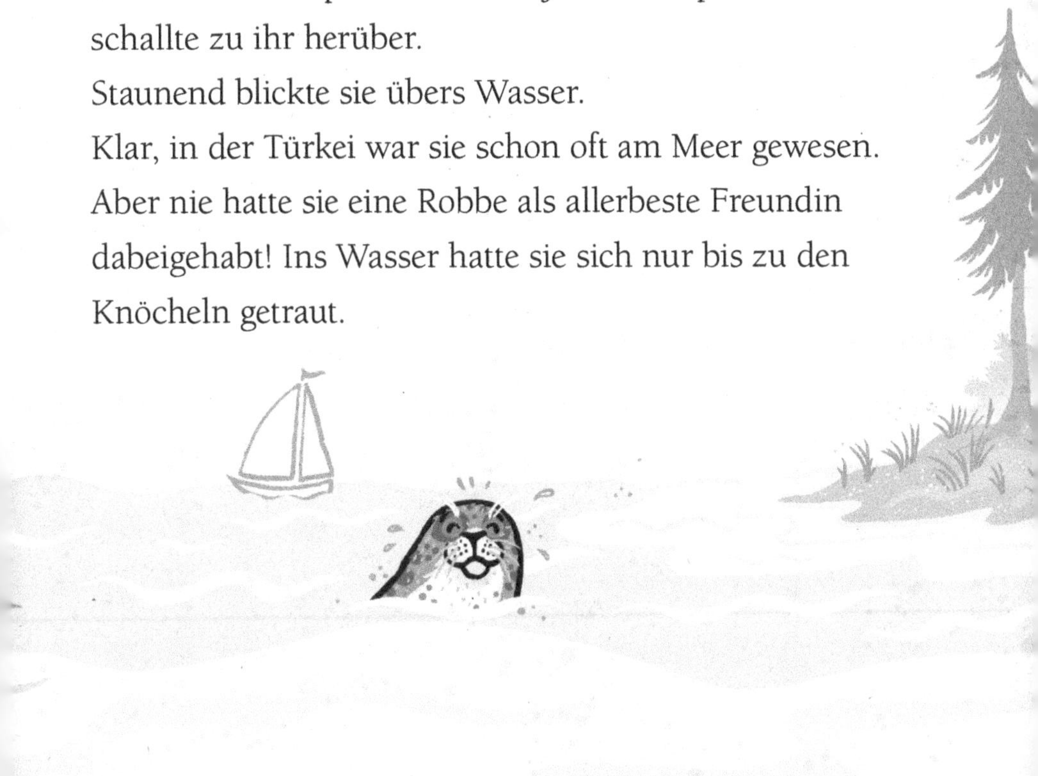

Hatice zog die Hosenbeine hoch und hüpfte über die weißen Schaumwellen, die an den Strand klatschten. Immer wieder sah sie zu Mette-Maja, die fröhlich durch die Wellen pflügte.
Die Robbe schwamm nach links und nach rechts, sie tauchte unter und schoss wieder nach oben.
Plötzlich fragte sich Hatice, ob Mette-Maja eigentlich glücklich war bei ihr. Immerhin wohnte sie in einer Wohnung, mitten in der Stadt! Es musste eine riesige Umstellung für Mette-Maja gewesen sein, vom Meer in den siebten Stock eines Hochhauses zu ziehen.
Hatice setzte sich in den Sand, zog den Pulli über die Knie und blickte nachdenklich in den Himmel.

Während sie grübelte, tauchte ihre Familie zwischen den Dünen auf. Sie war bepackt mit Kühlbox, Badetaschen, Krabbeldecke, Getränken und den neuen Sandspielsachen, die Herr Akay vom Baumarkt mitgebracht hatte.

„Diese Kirsten sucht immer noch nach dem Schlüssel, also haben wir beschlossen, erst einmal ein Picknick zu machen“, verkündete Elif Akay und zog Leyla das Jäckchen aus. „Wer hat Hunger?“
Sie baute schnell eine Strandmuschel auf, während der Vater aus der Kühlbox die herrlichsten Sachen hervorzauberte: Fladenbrot, Reis mit Auberginen, gefüllte Paprika, Blätterteiggebäck. Und Fisch für Mette-Maja!
„Wo habt ihr das denn alles her?“, staunte Hatice.
„Alles zu Hause vorbereitet!“, strahlte Elif Akay. „Ich kenne doch meine hungrige Familie!“
Sie ließen es sich schmecken.
Hatice legte eine Portion für Mette-Maja zur Seite. Die Robbe war immer noch im Wasser! Bestimmt hatte sie riesigen Hunger nach der langen Reise!
„Wir könnten Volleyball spielen!“, schlug Tarek vor. „Aufschläge üben! Was meinst du, Sami?“
Hatice sprang auf. Darauf hatte sie auch Lust!
Herr Akay winkte ab. „Der Ball ist im Kofferraum, irgendwo ganz unten!“

„Federball?“, überlegte Hatice.
„Ebenfalls im Auto!“, sagte der Vater. „Außerdem ist es viel zu windig.“
Hatice sah sich um. Das stimmte. Ein Mädchen ließ einen Drachen steigen, der bunte Schwanz tanzte am blauen Himmel.
„Baut doch zusammen eine Sandburg!“, schlug die Mutter vor und schob die Sandspielsachen in die Mitte.
Darauf hatten Sami und Tarek keine Lust. Sami schnappte sich zwar eine Schaufel, aber er buddelte damit Tarek ein. Der legte sich bereitwillig auf den Rücken. Sami schippte Sand auf seinen Bauch, irgendwann guckte nur noch Tareks Gesicht heraus.
„Ich bin eine Sandleiche!“, krächzte er.
Er atmete so kräftig ein und aus, dass die Sandhülle auf seinem Bauch zerbrach.
„Jetzt andersrum!“, rief Sami und drückte Tarek die Schaufel in die Hand. „Ich bin ein toter Mann!“
Hatice blickte zur Seite.
Die Mutter war unter der Strandmuschel

eingeschlafen. Der Vater spielte mit Leyla. Wie das ging? Ganz einfach!
Er legte sich ein Badehandtuch über den Kopf und rief: „Wo bin ich?“
Leyla zog das Handtuch weg und gluckste.
„Kuckuck!“, rief der Vater. „Noch mal!“
Auf einmal fühlte sich Hatice ziemlich einsam.
Sie holte eine Zeitschrift aus der Tasche, legte sich auf die Decke und tat so, als würde sie lesen.

Die Sonne stand schon hoch am Himmel, als jemand sanft an ihrer Schulter rüttelte.
„Wach auf, Hatice!“, rief ihre Mutter und klimperte mit einem Schlüsselbund, an dem ein kleiner Leuchtturm baumelte. „Kirsten war da, wir können in unser Ferienhaus!“
Hatice rieb sich die Augen. Wo war sie?
Ah, in Dänemark!
Neben ihr lag, still und stumm, eine Robbe.

„Wars schön im Meer?“, fragte sie vorsichtig.
Mette-Maja blinzelte. „Viel, viel besser als im Badesee!“
Hatice spürte einen Stich im Bauch. „Hast du Artgenossen gesehen?“
Mette-Maja nickte begeistert. „In der Ferne, ja! Ich habe Heringe gefangen und Dorsche gejagt.“
„Das … klingt … toll“, stammelte Hatice. Sie wickelte den Fisch, den sie extra für Mette-Maja aufgehoben hatte, in ein Taschentuch.
„Es war großartig!“ Mette-Maja strahlte. „Morgen schwimme ich noch viel weiter raus!“

Die Familie quetschte sich in den VW-Bus und rollte zur Ferienhaussiedlung. Nach fünf Minuten war sie da.
Ein sandiger Weg führte zu ihrem Haus, das mitten in den Dünen lag.
Vor dem Haus stand eine blaue Gartenbank.
„Wunderhübsch!“, strahlte Frau Akay.

Während sie die Tür aufschloss, rannten Sami und Tarek einmal ums Haus herum. „Cool!“, rief Tarek. „Zum Meer ist es ganz nah! Und wir haben eine eigene Veranda! Wir können draußen auf unseren Luftmatratzen schlafen!“

„Nichts da!“, rief Herr Akay und wuchtete das Gepäck aus dem Auto. „Alle schlafen im Haus! Helft mal tragen!“

Vorsichtig setzte Hatice die Robbe auf die Bank. Den Fisch, den Hatice extra aufgespart hatte, legte sie daneben. Mette-Maja war auf der kurzen Fahrt eingeschlafen, wenn sie aufwachte, würde sie ihn riechen.

Hatice folgte den anderen ins Haus.

Die Wände waren hell gestrichen, ein Rettungsring hing an der Wand. An einem Haken neben der Küchentür baumelte ein Fernrohr, eine himmelblaue Treppe führte nach oben. Unterwasserfotos schmückten die Wände. „Wow“, flüsterte Hatice. Sie wollte die bunten Fische den Brüdern zeigen, aber die waren schon nach oben gestürmt.

„Klein und schnuckelig“, so war das Haus im Prospekt beschrieben worden. „Voll gemütlich“, fand Hatice. Schon bald türmten sich Koffer, Taschen und Kisten in dem kleinen Haus. Auf einmal wirkte es wie eine Rumpelkammer!
Die Mutter riss die Fenster auf.
„Wir sind sowieso die meiste Zeit draußen“, rief Elif Akay gut gelaunt. „Aua!“ Sie stolperte über die Kühlbox, die mitten im Weg stand.
Das ganze Haus war vollgestopft mit Krimskrams und alten Möbeln, aber die Veranda war der Hit. Das Meer lag fast vor ihren Füßen!
Elif Akay gab ihrem Mann einen Kuss. „Wir können romantische Abendspaziergänge machen!“
„Oder Beachball spielen!“, riefen Sami und Tarek von oben.
Hatice sah sich um.
Für Mette-Maja würde es kein Problem sein, zum Wasser zu kommen. Sie brauchte keine Gefährtin, die sie trug und begleitete.
Bedrückt stieg Hatice die hellblaue Treppe hinauf.

Das Schlafzimmer im ersten Stock war für die Eltern. „Hier haben wir Platz für Leylas Reisebett!“ Herr und Frau Akay trugen das Gepäck nach oben.
Hatice öffnete die Tür zum Badezimmer. Es war winzig und hatte keine Badewanne. „Schade!“, murmelte sie.
Aber brauchte Mette-Maja überhaupt noch eine Badewanne mit dem Meer direkt vor der Tür?
Im zweiten Stock gab es zwei Zimmer, die genau gleich groß waren. In jedem standen zwei Betten, zwei Nachttische, ein Schrank und ein Regal voller Bücher. Aber das eine Zimmer hatte ein riesiges Fenster mit Panoramablick, das andere nur eine kleine Luke.
„Meins!“, riefen Hatice, Sami und Tarek gleichzeitig im lichtdurchfluteten Zimmer.
„Überstimmt!“, grinsten Sami und Tarek und warfen sich auf ihre Betten.
Hatice seufzte.
Sie räumten die Sachen in ihre Zimmer. Nur Leyla durfte durch den Flur krabbeln.

4 Post von Miss Cornfield

Hatice legte Hosen und T-Shirts in den Schrank, stellte den Wecker auf den Nachttisch und stapelte die Bücher daneben. Das Sprachlexikon war dabei, außerdem Bücher mit Titeln wie „Reise zum Meeresboden“ oder „Schwämme und Korallen“. Sie blätterte darin. Erstaunlich, wie viele Pflanzen im Salzwasser wuchsen! Das leere Schulheft legte sie mit einem gespitzten Bleistift daneben. Bald würde sie Seite um Seite füllen!

Sie stellte sich auf die Zehenspitzen. Immerhin: Auch

durch das kleine Fenster konnte man das Meer sehen. Den Brief von Miss Cornfield stopfte sie unters Kopfkissen. Sie wollte ihn später zusammen mit Mette-Maja öffnen.
Immer wieder schaute Hatice nach Mette-Maja. Die Robbe schlummerte selig auf der Gartenbank vor sich hin, das Essen war unberührt.
Hatice biss sich auf die Lippen. Natürlich! Mette-Maja hatte Heringe gefangen. Sie brauchte kein Fischfilet aus dem Supermarkt!
Hatice lief ums Haus und warf ihr Päckchen in die Mülltonne.
Sami und Tarek hatten im Keller ein Tischkicker-Spiel gefunden. Jetzt lagen sie bäuchlings auf dem Küchenboden und ballerten den kleinen Plastikball hin und her. Zwischendurch spielten sie eine Runde Stadt-Land-Fluss und erweiterten das Schimpfwörter-Abc um die Begriffe „Jodelfuzzi“, „Knatterbohne“ und „Lauchlurchi“.
Hatice streifte ebenfalls durchs Haus. Der Keller war voller Gerümpel, sie hatte keine Lust, sich durch Staub

und Spinnweben zu wühlen. Der Dachboden war abgeschlossen.
Was tun?
Sie setzte sich auf die Treppe der Veranda und vergrub die Füße im Sand.
Möwen kreischten, Wellen klatschten aneinander, ein Motorboot tuckerte irgendwohin.
Am Strand war mehr los als am Vormittag.
Kinder spielten Boccia. Familien breiteten ihre Handtücher aus. Ein paar Jugendliche sprangen von einem Badefloß, das festgezurrt in Ufernähe lag. Ein Junge schlenderte mit dicken Kopfhörern am Wasser entlang.
Plötzlich spürte Hatice eine nasse Schnauze an ihrem Bein.
„Mette-Maja!", rief Hatice überrascht.
„Hatice!", antwortete Mette-Maja. „Entschuldigung! Ich muss eingeschlafen sein!" Sie legte ihre Nase auf Hatices Knie. „Ist das unser Haus? Schön!" Die Robbe drehte sich einmal um die eigene Achse. „Schlafen wir auf der Veranda?"

„Alle bleiben im Haus!“, sagte Hatice in strengem Ton. Sie erschrak: Sie klang ja wie ihr Vater!
Sie sah ihre Robbe traurig an: Was hatte sie wohl ohne sie erlebt?

Zum Abendessen gab es Quarkstrudel, den der Vater im Dorf gekauft hatte.
„Diese Kirsten hat einfach alles!“, erzählte er, als die Familie am Tisch saß. „Grillkohle, Zeitschriften, Sonnencreme …“
Die Mutter verteilte den Strudel. Es gab sogar Vanillesoße!
Mette-Maja freute sich. „Mhmm, fein!“
Hatice entwischte ein kleines Lächeln. Was immer Mette-Maja im Salzwasser gefunden hatte – Quarkstrudel gab es dort nicht. Sie war und blieb ein Leckermäulchen!

Hatice und Mette-Maja sprachen nicht mehr über Mette-Majas Expedition. Hatice wollte nicht hören, welche Pflanzen die Robbe gesehen, welche Tiere sie getroffen und in welche Tiefen sie vorgedrungen war. Was in Mette-Majas Köpfchen vor sich ging, konnte Hatice nur ahnen: Bestimmt wollte sie tauchen und schwimmen und Kumpels treffen … Welche Rolle spielte sie, Hatice, dabei? Hatice hatte Angst vor der Antwort.

Mette-Maja bedankte sich artig für den Quarkstrudel und fand das Zimmer, das sie bekommen hatten, gar nicht schlecht.

„Ich rieche das Meer! Wenn die Flut kommt, hören wir die Wellen noch stärker rauschen! Schlafen wir mit offenem Fenster?"

Hatice stellte sich auf die Zehenspitzen, um aus der Dachluke zu schauen. Die Sonne ging gerade unter, das Wasser glänzte silbern. Wunderschön sah das aus! Miss Cornfield hatte ihnen im Sachkundeunterricht jede Menge über Ebbe und Flut erzählt: Der Mond konnte mit seiner gewaltigen Kraft Wassermassen anziehen oder abstoßen – je nachdem, auf welcher Seite der Erde er gerade stand. Das war unglaublich … Immerhin stand der Mond mehrere Hunderttausend Kilometer entfernt am Himmel.

Mette-Maja stupste Hatice an. „Morgen können wir zusammen Muscheln sammeln!“

Hatice ging in die Knie, um die Robbe zu knuddeln: Mette-Maja wollte also nicht nur mit anderen Tieren spielen, sondern auch mit ihr …

Die Robbe watschelte quer durchs Zimmer. „Wann machen wir endlich Miss Cornfields Brief auf?“

Hatice zog den Brief unter dem Kopfkissen hervor und setzte sich auf den Teppich. Mette-Maja krabbelte neugierig auf ihren Schoß.

Plötzlich war wieder alles so, wie Hatice es kannte und liebte: Mette-Maja rieb ihre Schnauze an Hatices Bauch und zwinkerte ihr zu. Hatice drückte Mette-Maja einen Kuss auf ihre feuchte Schnauze und die Robbe bekam rote Bäckchen vor Freude.

Hatice riss das Siegel auf, Wachs bröselte auf den Boden. Sie beugten sich über den Brief.
„Schöne Schrift!“, lobte Mette-Maja, die nicht lesen konnte. „Und?!“
Sie schnaufte ungeduldig, Hatice las laut vor:

Was willst du werden?
a) Unterwasserforscherin
b) Schatzsucherin
c) Lebensretterin

Hatice schüttelte das Kuvert. War noch etwas drin? Konfetti? Silberne Sternchen?
„Immerhin, keine Mathehausaufgabe“, sagte sie zu Mette-Maja.
„Aber auch kein Gutschein!“, meinte Mette-Maja. „Gibts im Eiscafé Roma eigentlich Eis mit Fischgeschmack?“
Hatice knuddelte Mette-Maja und fand, dass Antwort a) Unterwasserforscherin ziemlich gut klang!

5 Frühstück für Leckermäulchen

Als Hatice am Sonntagmorgen aufwachte, war es taghell. Sie hüpfte aus dem Bett, um Badeanzug, Taucherbrille, Schnorchel und Flossen bereitzulegen. Nach dem Frühstück hieß es: Ab ins Meer!

Sie würde mit Sami und Tarek tauchen und mit ihren Schwimmtieren am Floß planschen. Sie lachte leise vor sich hin: Zwischen Samis Delfin und Tareks Flamingo würde Mette-Maja kaum auffallen.

Sie schnupperte. Was duftete so gut nach Zimt und Zucker?

„Aufwachen, Mette-Maja!“, rief sie. „Frühstück für Leckermäulchen!“
Hatice pikste die Robbe in die Seiten. War zwischen ihnen wieder alles klar? So ganz genau wusste sie es nicht. Aber wie auch immer: Heute würde sie tauchen gehen – mit ihren Brüdern oder mit Mette-Maja oder, das wäre das Allerbeste, mit allen zusammen. Sie war schließlich eine Forscherin!

Die Eltern saßen in der Küche. Sie tranken Tee aus Tassen mit Blumenmuster und aßen Waffeln mit Marmelade, Schlagsahne und Zimtzucker. Hatice lief das Wasser im Mund zusammen.
„Guten Morgen, Hatice!“, rief ihr die Mutter fröhlich entgegen. „Günaydin! Na, auf dem Weg zum Strand?“ Sie deutete auf das Schwimmtier in Hatices Armen.
„God morgen!“, antworteten Hatice und Mette-Maja im Chor. Die Eltern konnten allerdings nur die Stimme ihrer Tochter hören.

„Ich hab ein Waffeleisen im Schrank gefunden!“, berichtete Hatices Vater. Er gab Leyla, die neben ihm im Kinderstuhl saß, einen Löffel Brei. „Dieses Haus ist vollgestopft mit tausend Dingen. Wenn man lange sucht, gibt es alles! Übrigens, ich hab meine Badehose vergessen. Ob ich irgendwo im Schrank eine finde?“
Er legte Hatice eine knusprige Waffel auf den Teller.
„Schlafen Sami und Tarek noch?“, fragte Hatice.
„Liebes, guck mal auf die Uhr!“, lachte Hatices Mutter.
Hatice machte große Augen: Es war schon zehn! Sie hatte vierzehn Stunden am Stück geschlafen!
„Ist das nicht unsere Hausaufgabe?“, gluckste Mette-Maja, die unterm Tisch lag.
Wie konnte Hatice sie mit Frühstück versorgen? Sie hatte eine Idee.
Hatice drückte Leyla eine Waffel in die Hand. „Na, magst du?“
Die kleine Schwester betrachtete das Teil ausgiebig, lachte und warf es auf den Boden.
Hatice grinste und Mette-Maja schmatzte zufrieden.
„Tak, kleine Krabbe!“

Der Vater runzelte die Stirn. „Das war doch klar, Hatice!“

Hatice zwinkerte dem Vater zu. „Die Waffel kann man sicherlich noch essen!“ Sie bückte sich und tat so, als würde sie schmatzen. Es war aber Mette-Maja, die schmatzte und um Nachschub bettelte!

„Ich will noch mehr und dann mach, bitte, bitte, die Tür auf!“

Hatice stutzte. Mette-Maja hatte es aber eilig!

Sie stand auf. Eine Waffel war gerade fertig!

Und schon kam Mette-Maja angewackelt. Hatice stieß mit dem Fuß die Verandatür auf und steckte ihrer Robbe eine Waffel ins Mäulchen. Ein Windstoß wirbelte die Vorhänge hoch.

„He!“, flüsterte Hatice. „Versteinern!“

Aber Mette-Maja hörte sie nicht mehr. Sie war schon draußen. Nicht einmal die Treppenstufen konnten sie stoppen. Die Robbe plumpste Stufe um Stufe nach unten und watschelte weiter zum Wasser.

Hatice sah ihr verblüfft hinterher. Während die Mutter noch mehr Waffeln buk und der Vater sich um Leyla kümmerte, glitt Mette-Maja ins Wasser. Das war aber schnell gegangen!

Und sie hatten nicht einmal ausgemacht, wann sie sich wieder treffen würden. Hatice schluckte.

Die Eltern wollten nach dem Frühstück mit Leyla ins Dorf. „Kommst du mit?“, fragten sie Hatice. Hatice schüttelte den Kopf. Sie war total durcheinander. Auf einmal waren alle Spielkameraden weg. Sie wollte aber ans Meer!
Wenn schon nicht mit Sami, Tarek oder Mette-Maja, dann eben alleine! Trotzig kippelte sie mit dem Stuhl. Irgendwann würde Mette-Maja schon zurückkehren … oder?
„Ich schau mal, was Sami und Tarek treiben!“ Sie sprang auf.
„Tamam!“ Die Eltern nickten. „In Ordnung. Wenn du ein Stück den Strand entlanggehst, vielleicht 300 Meter, siehst du eine Freizeitanlage, ‚Vandmanden‘ heißt sie.“
Hatice nickte. „Die habe ich vom Auto aus gesehen!“
Die Mutter lächelte. „Wir lassen die Verandatür auf, du kannst jederzeit raus und rein. Bis später! Güle güle!“
Hatice stopfte ihre Ausrüstung in den Eimer, warf sich

einen Rucksack auf den Rücken und zog los. Mit zusammengekniffenen Augen stapfte sie den Strand entlang.

Zu der Freizeitanlage „Vandmanden" war es nicht weit. Auf einem Schild stand auch der deutsche Name: „Wassermann".

Das Gelände schien ein Treffpunkt der Kinder zu sein, die hier Urlaub machten. Es gab außer dem Volleyballfeld und den Tischtennisplatten auch einen Eisautomaten und einen Spielplatz.

Auf einer Schaukel saß der Junge mit den Kopfhörern, den Hatice gestern am Strand gesehen hatte. Er wirkte total in sich gekehrt.

Am Beachvolleyballfeld war viel los.

Mädchen und Jungen sprangen in die Luft und pritschten sich einen gelben Softball zu. Sami und Tarek waren mitten im Getümmel. Deutsche, englische und dänische Sprachfetzen flogen durch die Luft.

„Great!“, rief jemand.

Oder: „Zu mir, Molly, jawohl!“

Hatice setzte sich an den Spielfeldrand und guckte zu.

Manchmal ging ein Aufschlag daneben, dann stöhnten alle laut auf.

Manchmal landete der Ball im Netz. Die einen johlten, die anderen warfen die Arme in die Luft. Spaß hatten sie alle.

Der weiche Ball flog an Hatices Ohren vorbei. Sie hob ihn auf und warf ihn zurück zu Sami. Er begrüßte seine Schwester mit kurzem Nicken.

„Darf ich mitspielen?“, rief Hatice.

„Später!“, antwortete Tarek und schmetterte den Ball übers Netz. „Die Mannschaft ist voll!“

Hatice ließ Sand durch die Finger rieseln. Die Zeit verging im Schneckentempo.

„Ein Punkt für uns!“, rief ein Mädchen mit roten Shorts und warf einer Mitspielerin den Ball zu.

„Aufschlag für dich!“

Der Ball sauste durch die Luft.

Aua! Ein Spieler hatte ihn an den Kopf gekriegt! Er

warf sich in den Sand. Na so was, wunderte sich Hatice. Ein Softball tat doch nicht weh!
Egal, das war ihre Chance!
„Hallo!“ Sie winkte mit beiden Armen, weil sie für den Spieler einspringen wollte, aber Sami nickte jemand anderem zu.
Dann eben nicht.

6

Wellenreiten

Hatice packte Eimer und Rucksack und stapfte runter ans Wasser.

Ein paar Muscheln würde sie schon finden! Da würden die anderen später staunen!

Sie drehte sich um die eigene Achse – und konnte nicht glauben, was sie in den Fluten entdeckte.

Da waren viele graue Punkte. Ein Robbenschwarm!

Hatice riss die Augen auf.

War das Mette-Maja mit ihren Artgenossen? Es sah wunderschön aus, trotzdem zitterten Hatices Hände.

Mette-Maja hatte Freunde gefunden! Ein Punkt bewegte sich auf sie zu. Kam Mette-Maja vorbei, um „Farvel" zu sagen? Auf Wiedersehen? Güle güle? Auf einmal hatte Hatice schreckliches Bauchweh.

Ein Schatten fiel auf sie herab. Hatice hob den Kopf. Es war der Junge mit den Kopfhörern.

„Ich heiße Noah!", stellte er sich vor. „Ich hab dich gesehen. Lassen dich die anderen auch nicht mitspielen?" Er deutete mit dem Daumen hinter sich. „Ich wohne da drüben, am Kanal! Zu unserem Haus gehört ein Boot, wollen wir zusammen rausfahren? Hast du Lust?"

Er guckte Hatice erwartungsvoll an und Hatice fand den Jungen eigentlich ganz nett. Er hatte dunkle Locken und war ein bisschen älter als sie.

„Hallo Noah!", murmelte Hatice. Sie konnte jetzt nicht mit ihm sprechen! Und schon gar nicht konnte sie mit ihm Boot fahren. Sie schaute wieder zum Meer, um die Robben nicht aus den Augen zu verlieren. Sollte sie den Badeanzug anziehen und Mette-Maja entgegenschwimmen?

Aber sie traute sich nicht alleine ins Wasser! Sollte sie Noah bitten, sie zu begleiten?

„Du, Noah!“ Sie blickte über ihre Schulter. „Willst du vielleicht …?“

Zu spät. Noah war bereits weitergegangen.

Hatice hatte keine Zeit, über ihre kurze Begegnung nachzudenken.

Die grauen Punkte wurden größer. Hatice hielt die Luft an.

Ganz vorne, als Anführerin, schwamm Mette-Maja. Sie winkte mit der Flosse. „Huhu, kleine Krabbe! Ich komme dich abholen!“

Über Hatices Gesicht ging die Sonne auf.

„Abholen!“, hatte Mette-Maja gesagt.

Nicht: „Auf Wiedersehen!“

Der Strand war fast leer. Hatice schlang das Handtuch um ihren Körper und schlüpfte so schnell wie möglich in ihren Badeanzug.

Für Mette-Maja hätte sie sogar riskiert, dass jemand kurz ihren Po sah. Sie setzte die Taucherbrille auf und rannte ins Meer. Es war ihr egal, wie kalt es war! Es

war ihr egal, dass es spritzte und schäumte! Vor ihr planschte Mette-Maja, ihre allerliebste Freundin!
Die anderen Robben blieben weiter draußen zurück, aber Mette-Maja schwamm näher heran. Sie strahlte übers ganze Gesicht. „Überraschung, kleine Krabbe!", rief sie. „Ich musste die anderen erst überzeugen, dass sie dir trauen können! Komm zu mir!"
Sie schwamm Hatice entgegen und auch Hatice rannte immer weiter.
Die Wellen schwappten gegen ihren Bauch, brr!
„Keine Sorge, Hatice. Ich bin bei dir!" Mette-Maja war so dicht neben ihr, dass Hatice die Arme um ihren Hals schlingen konnte.
Und dann schwammen sie zusammen ins glitzernde Meer hinaus. Für Hatice war es das erste Mal in ihrem Leben!
„Schön ist das, wunderwunderschön!", jauchzte Mette-Maja. Mit Hatice auf dem Rücken paddelte sie durch die funkelnden Wellen.
„Bereit zum Untertauchen, kleine Krabbe?"
„Nein!", rief Hatice.

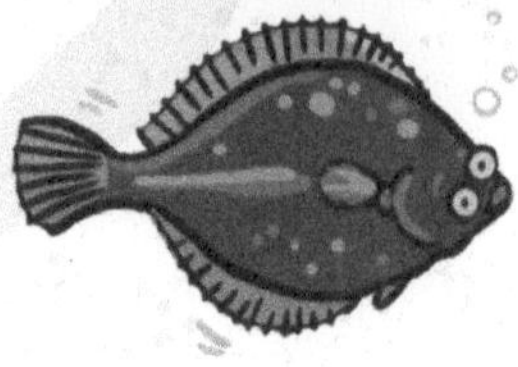

Sie schwammen einen weiten Bogen und schaukelten auf den Wellen. Hatice zappelte mit den Füßen, ihr Atem floss jetzt langsam und gleichmäßig.

Das Salzwasser spritzte gegen Hatices Wangen, und je weiter sie sich vom Ufer entfernten, umso höher wurden die Wellen. Aber zusammen mit Mette-Maja war das gar nicht schlimm!

Im Takt der Wellen schaukelten sie rauf und runter, es war fast, als tanzten sie im Wasser! Plötzlich waren acht Robben neben ihnen. Ihre Köpfe ragten neugierig aus dem Wasser. Wahrscheinlich konnten auch sie nicht glauben, was sie sahen: Ein Menschenmädchen schwamm mit einer Robbe!

„Die sind neidisch!“, gluckste Mette-Maja. „Achtung, wir tauchen unter! Und zwar … jetzt!“

„Nein!“, wollte Hatice rufen.

Zu spät! Mette-Maja glitt bereits in die Tiefe. Hatice schloss die Augen und versuchte, ihren Atem ruhig durch die Lungen strömen zu lassen. Erst nach einer Weile traute sie sich, die Augen zu öffnen.

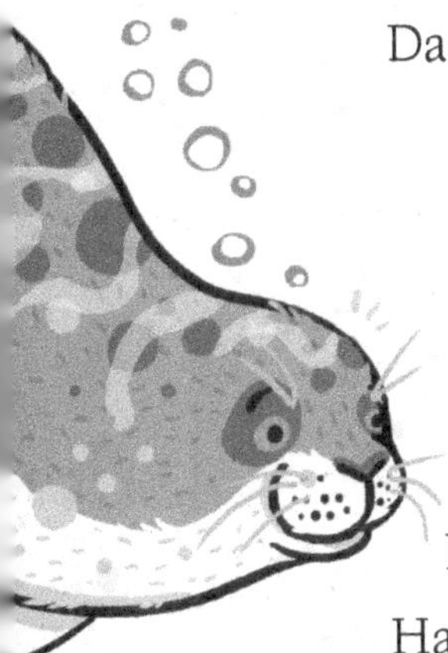

Das Wasser war türkis und lichtdurchflutet. Durch die Taucherbrille erkannte Hatice, dass sie rechts von zwei Robben, links von dreien begleitet wurde. Vor ihr waren noch mal drei von Mette-Majas Artgenossen! Hatice streckte die Hände weit nach vorn. Sie war eine Forscherin, die umgeben war von einem Robbenschwarm! Sie würde alles herausfinden über Seegras und Korallen und Meeresschnecken …

Hatice fühlte sich, als wäre sie selbst ein Wasserwesen. Robben konnten bis zu zwei Stunden unter Wasser bleiben, Hatices Lungen waren nicht so stark.
Sie strampelte.
Genau in diesem Moment schoss Mette-Maja nach oben. „Das war super, kleine Krabbe!", lobte sie. „Dein erster Tauchgang! Stor! Du kannst stolz auf dich sein!"
Und wie stolz sie war!
Hatice schmiegte sich an den samtweichen Robbenhals und ließ sich von Mette-Maja durch die Wellen tragen.
Und Mette-Maja? Die war auch stolz!
Immer wieder schwamm sie zu ihren Artgenossen und schnatterte mit ihnen. Hatice kam es vor, als würde sie erzählen, wie schön es war, ein Menschenmädchen zur Gefährtin zu haben.
Auf einmal fühlte sich Hatice frei und unbeschwert. Ärger und Kummer rückten in weite Ferne. Sie hob eine Hand, um den anderen Robben zuzuwinken. Die tauchten erschrocken ab. Hatice lächelte. Was waren das für schöne Tiere!
Hatice ärgerte sich nicht mehr über ihre Brüder, die sie

nicht mitspielen ließen, und nicht mehr über Mette-Maja, von der sie gedacht hatte, dass sie sie vergessen könnte.
Wie falsch sie gelegen hatte!
„Ich musste meinen Artgenossen erst erzählen, dass sie vor dir keine Angst haben müssen!“, verriet Mette-Maja, als sie langsam zurück zum Ufer schwammen.
„Sie können es immer noch nicht glauben, dass meine allerbeste Freundin ein Menschenmädchen ist!“
Hatice lachte. „Sie sind nett, deine Artgenossen!“ Sie winkte den Robben hinterher, die Richtung Insel abdrehten.
„Aber nicht so nett wie du!“, lächelte Mette-Maja.
Hatices Herz quoll über vor Glück.

7 Schwimmtiere sind nicht doof!

Nach dem Ausflug mit Mette-Maja fühlte sich Hatice bereit für neue Abenteuer. Beim Mittagessen zappelten ihre Beine hin und her. „Sami! Tarek! Wann schwimmen wir zusammen raus?"

Es gab Hackfleischbällchen mit Petersilie und Fischstäbchen mit Mayo, dazu Kartoffelsalat. Perfektes Robbenessen! Hatice versorgte Mette-Maja unterm Tisch. Alle staunten, wie schnell sich ihr Teller leerte. Nach diesem herrlichen Vormittag waren Hatice und Mette-Maja wieder ein Herz und eine Seele.

Schade fand es Hatice allerdings, dass sie niemandem von ihrem Abenteuer erzählen konnte. Außer Sibel, wenn sie wieder zu Hause war. Aber so schnell wollte sie nicht nach Hause! Sie streichelte Mette-Majas Köpfchen unterm Tisch.

„Nachschub!", murmelte Mette-Maja.

„Schon unterwegs!", flüsterte Hatice und legte Fischstäbchen nach.

„Ja, geht doch mal zusammen baden!", rief auch die Mutter. „Aber schwimmt nicht so weit raus!" Sie war am Vormittag beim Strand-Yoga gewesen. Eine Freundin von Kirsten war die Trainerin, Frauen und Männer turnten auf Handtüchern vor sich hin. Hatice und Mette-Maja hatten sie aus der Ferne gesehen. Mehmet Akay war mit Leyla im „Laden, der alles hat", gewesen. So nannten sie inzwischen Kirstens Laden. Dort hatte er sich eine neue Badehose gekauft, jetzt tätschelte er seinen Bauch. „Für mich bitte nur eine kleine Portion!"

„Letztes Jahr", sagte Hatice, „da habt ihr so getan, als würdet ihr neue Tierarten entdecken!"

„Stimmt!“ Tarek grinste breit. „Da gab es den gefährlichen Samirik Flosserino!“ Er stupste mit der Faust gegen die Schulter seines Bruders.
„Ja, ja“, brummte Sami, „aber der Holzbalken sah zuerst wirklich aus wie ein Fisch!“
„Lustig war das!“ Hatice rutschte auf ihrem Stuhl hin und her. „Ich will auch Fische erforschen!“
Mette-Maja meldete sich von unten. „Ich helfe dabei!“
„Weißt du noch, Tarek, was du gerufen hast?“ Sami grinste. „Darf ich vorstellen: der Tarekokko!“ Er sprang auf und fuchtelte mit der Gabel durch die Luft, auf der ein Fischstäbchen steckte. „Lange galt der Tarekokko als ausgestorben, aber ich habe den Letzten seiner Art gefunden! Was für ein Sieg für die Wissenschaft!“
Die Mutter zog ihn auf den Stuhl zurück. „Das ist kein Tarekokko, das ist ein Fischstäbchen!“
„Ich will mir auch so was ausdenken!“, rief Hatice. „Das macht Spaß! Ich weiß auch schon einen Namen für unser Team: die drei Tauchrobben!“ Sie linste unter den Tisch. „Oder vier!“
„Der Tarekokko!“ Tarek stöhnte. „Das ist doch ewig

her! Ich spiele lieber Beachvolleyball!" Er kickte ein paar Brösel über den Tisch, sie rieselten auf Mette-Majas Kopf.

„He!", protestierte sie. „Ich will Fischstäbchen!"

Hatice angelte eines vom Teller ihres Vaters, biss ab und ließ die Hälfte beiläufig auf den Boden fallen. „Wolltest du nicht abnehmen, Papa?"

Die Mutter seufzte.

„Die meisten Meeresforscher sind sowieso arbeitslos!", erklärte Sami. „Ich will lieber Sportlehrer werden!" Er zauberte einen Tischtennisball aus seiner Hosentasche und schnippte ihn über die Tischplatte. „Übrigens. Heute haben Tarek und ich beim Tischtennis fast jedes Match gewonnen. Super, oder?"

„Stor!" Hatice nickte eifrig und dachte insgeheim: Mein Vormittagsprogramm war besser.

Der Ball kullerte über die Kante, fiel hinab – und landete auf Mette-Majas Nase, wo er sofort zu tanzen anfing. Hatice fing den Ball auf und legte ihn zurück auf die Tischplatte. Hoffentlich hatten die anderen die Zirkusnummer nicht gesehen!

„Wenn ihr nicht tauchen wollt, dann könnten wir zusammen schwimmen gehen!", schlug Hatice vor. „Zum Floß oder so. Wann pustet ihr endlich eure Schwimmtiere auf?" Sie gab einen Klecks Mayo auf ihren Teller. Der Plastikflasche entwich ein lauter Pups. Alle lachten.
„Welche Tiere?" Sami und Tarek wippten mit ihren Stühlen hin und her. Nebenbei tunkten sie lässig ihre Fischstäbchen in Hatices Mayoklecks.
„Na, den Delfin und den Flamingo!", antwortete Hatice und machte eine großzügige Handbewegung. „Nehmt euch ruhig meine Mayo!" Sie zwinkerte Tarek zu. „Oder hast du doch einen Hai gekauft? Hast du nicht gesagt, die wären aus?"
Die Brüder prusteten los.
Hatices Blick wanderte zwischen ihren Brüdern hin und her.
„Ihr habt doch am Freitag noch welche gekauft?" Sie pustete eine Locke aus dem Gesicht. „Oder?" Eine dunkle Ahnung stieg in ihr hoch.
Sami und Tarek schüttelten sich vor Lachen. „Sag bloß,

du hast das ernst gemeint! Oh nein, unser Schwesterchen!"
„Delfine und Flamingos waren vergriffen! Es gab nur noch Enten!" Sami knallte fast mit dem Kopf auf die Tischkante, so heftig musste er lachen. „Die wollte ich nicht!"
Hatice schnappte nach Luft. „Was ist denn gegen Enten einzuwenden?", protestierte sie. „Enten sind toll!" Jetzt grinste auch der Vater und Hatice bekam heiße Backen.
„Wir waren nicht im Sportgeschäft!", sagte Sami. „Mit einem Hai tauche ich nur, wenn er echt ist!"
Tarek zuckte mit den Schultern. „Plastiktiere sind doof. Babykram!"
Hatice knallte die Gabel auf den Tisch.
„Ihr habt es versprochen!", rief sie. „Wir wollten Forscher spielen! Wir wollten nachsehen, was es unter Wasser alles gibt. Welche Gräser, welche Fische und ob viel Plastik im Wasser schwimmt." Tränen traten in ihre Augen. „Ihr seid doof!"
„Oh, Hatice will die Welt retten!", spottete Sami. „Und

ich? Ich will das Volleyballturnier am Nachmittag gewinnen!"

Hatice sprang auf. „Ihr seid gemein! Ich will mit euch tauchen und schwimmen, weil ich es kann. Und jetzt …" Sie schluckte. „Macht ihr einfach was anderes. Ihr seid solche …" Sie suchte nach dem passenden Wort.

„Butterbirnen?", half Mette-Maja von unten.

„Butterbirnen!", krächzte Hatice.

„Und Fusselpflaumen!", ergänzte Mette-Maja.

„Butterbirnen und Fusselpflaumen seid ihr!", wiederholte Hatice, nun schon etwas lauter. „Ihr habt keinen Funken Abenteuerlust in euren Knochen!"

„Gurkenpupser", murmelte Mette-Maja.

„Ihr seid Butterbirnen, Fusselpflaumen und Gurkenpupser! Außerdem seid ihr total unzuverlässig!" Immer mehr Tränen kullerten über Hatices Wangen. „Ihr habt es versprochen! Wir sind die Tauchrobben!"

„Hatice!", mischte sich Frau Akay ein. „Komm doch mit zum Strand-Yoga!"

„Wir kaufen bei Kirsten eine Ente für Leyla und dann schwimmen wir zusammen zum Floß!“, schlug Herr Akay vor. „Deine Plastikrobbe nehmen wir mit! Ich hab jetzt eine Badehose!“

Alle lachten, nur Hatice nicht.

„Wisst ihr, was?“ Sie war schon an der Tür. „Macht doch alle, was ihr wollt! Geht einkaufen, macht Yoga, spielt Tischtennis und Beachvolleyball. Mir ist das egal!“ Wütend ließ sie die Türklinke hoch- und runterklackern. „Ich jedenfalls mache Urlaub am Meer. Und das heißt, ich gehe IN das Meer hinein und gucke es mir nicht von außen an! Ich schwimme bis zur Insel und noch viel weiter! Ich brauche euch nicht!“

Sie ließ die Klinke los und drückte Mette-Maja so heftig an ihren Bauch, dass die Robbe nach Luft japste. „Und überhaupt: Schwimmtiere sind überhaupt nicht doof! Auf die ist Verlass! Im Gegensatz zu euch!“

Sie rauschte davon.

Die anderen guckten ihr verblüfft hinterher.

8

Zoff mit den Sandleichen

Schluchzend warf sich Hatice auf ihr Bett und trommelte mit den Fäusten auf die Matratze. Mette-Maja guckte hoch zu ihrer Gefährtin.

„Das war jetzt aber heftig“, sagte sie.

„Das musste sein!“, schniefte Hatice. „Keiner versteht mich. Yoga, also echt!“ Mit dem Zipfel ihres Kopfkissens wischte sie sich die Tränen ab. „Im letzten Jahr war Tauchen voll cool und jetzt, wo ich mitmachen will, finden sie es doof!“ Sie fasste Mette-Maja um den Bauch und zog sie nach oben. „Sollen

sich Sami und Tarek doch gegenseitig im Sand einbuddeln! Als Sandleichen sind sie perfekt!"
Im selben Moment polterten die Brüder an ihrer Tür vorbei. „Hohoho, Hatice hat gerade mal das Seepferdchen und glaubt, sie wäre jetzt eine Unterwasserforscherin!", brüllte Sami.
Hatice presste die Lippen zusammen.
„Schwimmflügelchen nicht vergessen, Schwesterchen!", johlte Tarek. „Oder nein, brauchst du nicht: Du hast doch deine Gummiente. Oder was war das noch mal für ein Tier? Kann es eigentlich pupsen?"
Mette-Majas Augen sprühten Funken. Sie plumpste vom Bett und watschelte zur Tür. Hatice stolperte hinterher. „Selber Babys!" Hatice riss die Tür auf. „Ich hoffe, ihr verliert beim Volleyball!"
Sami und Tarek waren längst in ihrem Zimmer verschwunden. Ihr Lachen dröhnte durch die Tür.
Hatice schluckte. Solche Blödmänner!
„Hollischollis!", schimpfte Mette-Maja.

Hatice nahm eine Zeitschrift vom Nachttisch und begann, hektisch darin zu blättern. Erst als Mette-Maja ihre Nase mit hineinsteckte, wurde sie ruhiger.
Sie lösten zusammen ein Rätsel, bei dem man zwei Bilder miteinander vergleichen musste. Dann sahen sie sich eine Fotoreportage über berühmte Kapitäne an. Was für schöne Jacken die hatten! Mit goldenen Knöpfen!
Nach einer Weile stand Hatice auf, stellte sich auf die Zehenspitzen und betrachtete mit Mette-Maja das Meer. Segelboote schipperten hin und her, Surfer glitten durch die Wellen.
Kinder johlten, Jogger joggten, Yogamenschen machten einen Katzenbuckel.
Auf einmal fand Hatice es schön, mit Mette-Maja allein zu sein. Kein Trubel, kein Babykrähen, keine nervigen Brüder.
Sie rieb ihre Wange an Mette-Majas weichem Fell. „Irgendwann ziehen wir beide auf eine einsame Insel

und leben von Fischen und Kokosnüssen!“, schlug sie vor. „Dort kann uns niemand ärgern.“

Mette-Majas Augen strahlten und Hatice begann zu träumen: Sie könnte zwischen zwei Palmen eine Hängematte spannen und nachts die Sterne beobachten. Ihr wurde ganz bestimmt nicht langweilig, denn sie hatte viele Freunde: einen Robbenschwarm. Und natürlich eine ganz spezielle Freundin, die zu ihr hielt, was immer passierte: Mette-Maja!

„Wir könnten das Leben der Robben erforschen und schlaue Bücher darüber schreiben“, rief Hatice. „Ab und zu fahren wir mit dem Boot aufs Festland, um Brot und Apfelsaft zu kaufen! Vielleicht besuche ich sogar die Sandleichen. Ich werde so berühmt wie Jane Goodall, die Schimpansenforscherin! Da werden die Lauchlurchis staunen!“

Mette-Maja schmiegte sich an Hatice. „Das klingt toll! Aber weißt du, was?“ Sie legte eine Flosse um Hatices Schulter. „Ich glaube, wir beide würden unsere Freunde sehr vermissen. Sibel, Ida, Juri, Rick …“

Hatice hob überrascht den Kopf. „Rick ist ein Freund von dir?"

„Rick ist lustig!", kicherte Mette-Maja. „Auch wenn er manchmal aus dem Mund stinkt!"

Sie lachten und dachten an ihre Freunde aus der Wintersteinschule. Wie sie wohl die Ferien verbrachten? Ob Zack und Zeki zusammen Straßenmusik machten? Ob Eddie und Eugenia Höhlen erforschten? „Silas und Rick sind bestimmt jeden Tag im Schwimmbad", überlegte Hatice. „Den Bademeister ärgern!"

„Also ich", Mette-Maja wackelte mit ihren Barthaaren, „ich würde im Kinderbecken herumschippern und die Kinder dürften auf mir reiten."

Hatice drückte ihrer Robbe einen dicken Kuss auf die Nase. „Du bist zu nett für diese Welt!"

Insgeheim war sie der Meinung, dass es vollkommen reichte, wenn *sie* auf Mette-Majas Rücken schwamm – schließlich war Mette-Maja *ihr* magisches Tier!

Während sie überlegten, ob Schoki und Peperoni in den Ferien eine Schokoladenfabrik besuchten und

Franka und Cooper bei einer Mathe-Olympiade mitmachten, wurde Hatice ganz warm ums Herz. Denn sie spürte, dass Mette-Maja glücklich war mit ihrem Leben.
Klar, der Stadtbach war nicht die Nordsee. Aber die Wintersteinschule war die schönste Schule der Welt! Dort hatten sie Freunde, mit denen sie sprechen und jede Menge Quatsch machen konnten. Die Tiere erlebten Dinge, die in ihrem alten Leben unmöglich wären: Welche Robbe tanzte auf einem Schulball, fuhr Autoscooter auf dem Jahrmarkt oder gondelte mit einem roten Omnibus durch die Stadt?
Mette-Maja wollte nirgendwo anders sein, das spürte Hatice bis in die Haarspitzen.
Sie schlang glücklich den Arm um Mette-Majas Schulter und zusammen blickten sie noch lange hinaus aufs Meer.
Danach legten sie sich nebeneinander auf den Teppich. Während draußen die Möwen kreischten, machten sie ein Mittagschläfchen.

9 Hatice macht eine Entdeckung

Als die beiden aufwachten, war es ganz ruhig im Haus.

Sie beschlossen, an diesem Sonntagnachmittag nicht mehr an den Strand zu gehen. Ein Blick durchs Fenster zeigte, wie voll es dort war. Der Wind hatte nachgelassen, kein Wölkchen stand am Himmel.

Sollte ihre Familie ruhig Yoga machen und Bälle durch die Luft ballern … Hatice kam gut ohne sie klar.

Sie linste in den Flur. Ihr Blick fiel auf die Dachbodentür.

Ob sie mal erforschen sollte, was sich dahinter verbarg?
Hatice rüttelte an der Tür. Sie war noch immer abgesperrt. Aber was hatte der Vater gesagt? Wenn man lange genug suchte, fand man in diesem Haus alles.
Zusammen mit Mette-Maja huschte sie durch die verschiedenen Stockwerke, zog Schubladen auf, öffnete Kisten, Truhen und Schränke, linste in Körbe und Blumenvasen. Hatice stieß auf ein Nähkästchen mit aufgemaltem Segelschiff. Darin befanden sich Knöpfe, alte Münzen, Wäscheklammern – und drei Schlüssel! Hatice schnalzte mit der Zunge.
Sie schob die Schlüssel in die Hosentasche und stapfte mit Mette-Maja unterm Arm in Richtung Dachboden. „Wir sollen mit wachen Augen durch die Welt gehen!", trällerte sie, während sie eine Stufe nach der anderen nahm.
Mette-Maja nickte. „Sagt Mary! Ich bin gespannt, was uns erwartet!"
Die Stufen knarzten. Hatice steckte den ersten

Schlüssel ins Schloss, drehte ihn – und fast wäre er abgebrochen. Sie legte ihn zur Seite und nahm den nächsten. Er wackelte total.
Und der dritte? Hatice steckte ihn ins Loch, er passte tadellos! Sie hielt die Luft an und drehte ihn ganz, ganz vorsichtig nach rechts. Es gab keinen Widerstand, nichts knirschte. Mit einem leisen Klick sprang die Tür auf.
Auf dem Dachboden war es dunkel. Durch das kleine staubige Fenster kam kaum Licht.
Hatice kniff die Augen zusammen. Aus dem Augenwinkel erspähte sie einen Schalter. Plötzlich hörte sie unten jemand rufen. Hatice betrat den dunklen Dachboden und schloss schnell die Tür.
Sie tastete nach dem Schalter, das Licht ging an – und Hatices Augen wurden kugelrund.
Auf einmal fühlte sie sich wie in einem Museum. In einem Museum für Seefahrer!
Auf dem Boden lagen Taue und Paddel. Vor dem Fenster lehnte ein Steuerrad, in einer Ecke stand ein riesiger Anker. Hatice traute sich nicht, ihn zu

berühren. Wenn das Teil umkippte und auf ihrem Zeh landete, würde sie nie wieder laufen können! Auch Mette-Maja machte einen großen Bogen darum.
In einer Kiste fanden sie Hüte. Hatice schnappte sich die Kapitänsmütze. Mette-Maja gluckste. „Au ja, wir verkleiden uns! Ich will ein Pirat sein!" Hatice setzte ihr den Piratenhut auf.
Hatten sie nicht im Musikunterricht einen Piratenrap gelernt?
Sie begann zu singen: „Stellt euch vor, vor 300 Jahren, ein riesiges Schiff, die Segel sind schwarz!" Mette-Maja scharrte dazu mit den Flossen. „Totenkopfflagge, Blackbeard ist der Name, Geschichtsbücher sagen, der größte Pirat!"
„Ja, komm ihm nicht in die Quere, er war für die Mannschaft zum Sterben bereit!", stimmte Mette-Maja ein.
Sie schlichen weiter, Staub flog durch die Luft. Mette-Maja machte „Hatschi!".
In einer Kommode entdeckten sie mehrere Papierrollen. Alte Landkarten! Hatice rollte eine auf.

Ob ihre Bucht auch eingezeichnet war? Sie fuhr mit dem Zeigefinger über das raue Papier. „Das ist unsere Insel“, rief sie. „Die mit der Kiefer drauf!“
Es war aufregend, in den alten Sachen zu stöbern. Hatice rüttelte an einer Schranktür. *Quietsch!* Sie fanden Angelruten und Fischernetze. Vielleicht gab es sogar irgendwo eine alte Jacke mit goldenen Knöpfen? So eine, wie Kapitäne sie trugen?
Hatice öffnete einen weiteren Schrank und tatsächlich, da war genau so eine Jacke! Die Ärmel waren zu lang – Hatice krempelte sie um. Gab es irgendwo Stiefel? Natürlich! Mette-Maja zerrte sie heran. „Hier, Kapitänin Hatice!“
Hatice schlüpfte hinein und weiter gings mit dem Piratenrap: „Ein Dieb zwar, doch ein Mann voller Ehre, das Gold wurde immer durch alle geteilt.“ Mette-Maja wippte lässig mit dem Kopf.
„Bereit für ein Theaterstück?“, rief Hatice.
„Na klar!“, antwortete Mette-Maja.
Und dann spielten sie, dass sie mit einem Segelschiff übers Meer schipperten.

Hatice stellte sich hinters Steuerrad, und Mette-Maja hockte sich neben sie. „Ich sehe eine geheimnisvolle Insel!“, rief Hatice und blickte durch das staubige Fenster.

„Nichts wie hin!“, johlte Mette-Maja.

Kapitänin Hatice drehte das Steuerrad in ihren Händen und warf einen unsichtbaren Anker aus. Den echten Anker würde sie niemals hochheben können! Dann schwamm sie zusammen mit Mette-Maja an Land.

Es war lustig, Mette-Maja dabei zuzusehen, wie sie nur spielte, dass sie schwamm! Immerhin befanden sie sich auf einem staubigen Dachboden! Sie rutschte über die Bretter und wackelte mit den Flossen.

Hatice lag bäuchlings neben ihr und ruderte mit Armen und Beinen. „Gleich haben wir es geschafft!“

Keuchend gingen sie an Land.

„Wo ist die Schatzkarte?“, wollte Mette-Maja wissen.

Hatice lachte. „Welche Schatzkarte?“

„Na die, die uns zur Goldtruhe führen wird!“, schnaufte Mette-Maja.

„Ach die!“ Hatice grinste und wühlte in ihren Taschen. „Oh, da ist tatsächlich was!“ Staunend zog sie ein zusammengefaltetes Stück Papier hervor.
Sie legten sich nebeneinander auf den Boden.

Das Papier sah so ähnlich aus wie die Landkarte, die Hatice vorhin gefunden hatte. Es war mit schwarzer Tinte beschrieben, die schon etwas ausgebleicht war. Ganz oben stand „Skattekort“.

Hatice musste nicht in ihrem Lexikon nachsehen, um zu wissen, was das hieß: Schatzkarte! Sie kannte das vom Kindergeburtstag! Die Eltern tunkten ein Papier in Kaffeesud, malten Linien aufs Blatt und machten da, wo die Süßigkeitenbox vergraben war, ein dickes Kreuz. Genau so sah diese Karte auch aus.

„Wie hast du das gemacht, Mette-Maja?“, rief Hatice.

„Nichts habe ich gemacht!“ Mette-Maja rieb mit der Nase über das vergilbte Papier.

Hatice erkannte den Strand, an dem ihr Ferienhaus stand. Eine gestrichelte Linie führte quer über das Wasser. Auf einer Insel, nah am Ufer, war ein Kreuz eingezeichnet. Bestimmt war da der Schatz vergraben!

„Die Kieferninsel“, flüsterte Hatice. „Das ist zu weit zum Schwimmen!“

„Nicht, wenn ich dich trage!“, stieß Mette-Maja hervor. Spürte sie, genau wie Hatice, das Abenteuer?

Hatice sprang mit einem Satz auf die Füße.

„Jedenfalls wissen wir jetzt, was wir in den nächsten Tagen zu tun haben!“ Sie umarmte Mette-Maja, so fest sie konnte. „Wir suchen den Schatz!“

Hatice zog Kapitänsjacke und Stiefel aus und legte sie in den Schrank zurück. Nur die Kapitänsmütze behielt sie auf.
Zusammen mit Mette-Maja stürmte sie nach unten, und als die Mutter zum Abendessen rief, hatte Hatice allerbeste Laune.

10

Pläne schmieden

Als Hatice die Küche betrat, saßen alle mit unschuldiger Miene beim Abendbrot.
„Hübsche Mütze", lobte der Vater.
„Lust auf Knäckebrot?", fragte die Mutter. „Wir haben Kirstens Schaufenster geplündert. Der Stapel ist ordentlich geschrumpft." Sie beugte sich hinüber zu Hatice: „Nimm dir die Sache mit deinen Brüdern nicht zu sehr zu Herzen. Sie haben es nicht so gemeint!"
Hatice zuckte mit den Schultern. „Ich werde so oder so Unterwasserforscherin!", sagte sie mit fester Stimme

und strich sich salzige Butter auf das Brot. *Knacks!* Ob Mette-Maja Knäckebrot mochte? Sie reichte Brotstücke nach unten.
Hatice dachte an Miss Cornfields Rätsel. Auf einmal war sie gar nicht mehr so sicher, ob sie sich für den richtigen Buchstaben entschieden hatte.
Nachdenklich zählte sie die Oliven, die auf der Käseplatte lagen. Vielleicht wollte sie doch lieber eine Schatzsucherin werden?
Die „Skattekort" knisterte verheißungsvoll in ihrer Hosentasche. Gleich würde sie die Karte den anderen zeigen, bestimmt waren sie total aus dem Häuschen! Wie gern würden Sami und Tarek dann mit ihr losziehen …
Mette-Maja riss sie aus ihren Gedanken. „Mehr Knäckebrot!", rief die Robbe. „Gibt es auch Fisch dazu?"
„Übrigens", begann Hatice, „heute Nachmittag war ich auf dem Dachboden!" Sie trommelte mit den Fingerkuppen auf dem Tisch, um die Spannung zu erhöhen.

„Und ich war im Keller!“, warf Sami ein. „Wisst ihr, was ich da entdeckt habe: Fahrräder! Die Reifen sind platt, ansonsten ist aber alles okay. Können wir mit denen fahren, Papa?“

„Also, auf dem Dachboden“, fuhr Hatice fort und tippte an ihre Kapitänsmütze, „da habe ich seeeehr interessante Sachen gefunden. Zum Beispiel …“

„Man müsste eine Luftpumpe haben“, mischte sich der Vater ein. „Elif, wo ist der Schafskäse? Haben wir auch gefüllte Paprika?“

„Im Kühlschrank!“, antwortete die Mutter. „Ein Fahrrad fände ich auch super! Für Leyla bräuchten wir natürlich einen Kindersitz.“ Sie wischte Hatices kleiner Schwester den Mund ab. „Wie war eigentlich euer Volleyballturnier?“

„Toll!“, riefen Sami und Tarek wie aus einem Mund. „Also diesem Mädchen aus England, Molly heißt sie, der haben wir es gezeigt!“

„Auf dem Dachboden sind Landkarten!“ Hatice versuchte weiter, auf sich aufmerksam zu machen. Und tatsächlich, der Vater hörte ihr zu! „Oh, super, die

nehmen wir für die Fahrradtour! Irgendwo habe ich eine Luftpumpe gesehen … äh, ich glaube, im Schrank neben der Eingangstür."
Hatice gab auf.

Nach dem Abendessen setzten sie sich auf die Veranda. Die Sonne ging gerade unter und malte eine goldene Straße auf das dunkelblaue Meer.
„Jetzt könntet ihr euren Strandspaziergang machen!", schlug Hatice vor und drückte den Eltern, schmatz, schmatz, zwei Küsschen auf die Wangen. Mette-Maja flüsterte sie zu: „Dann kann ich Sami und Tarek endlich die Schatzkarte zeigen. Die werden Augen machen!"
Die Eltern lachten. „Lieber spielen wir mit euch eine Runde Jenga!"
Na gut, das machte auch riesigen Spaß!
Sie bauten einen Turm aus Holzstäbchen. Als alle Klötzchen aufgestapelt waren, musste man unten eines

rausziehen und oben drauflegen. Der Turm wurde immer wackeliger – und krachte irgendwann mit großem Getöse zusammen. Leyla lachte. Bei „Memory" war Hatice ziemlich gut, bei Uno gewann der Vater. Irgendwann schlummerte Leyla ein. Auch Mette-Maja döste unter dem Tisch. Die anderen spielten weiter, Runde um Runde.

Zwischendurch musste Hatice aufs Klo. Als sie zurückkam, flogen die Köpfe der anderen Familienmitglieder auseinander. Was heckten sie aus? Einen Fahrradausflug ins Dorf?

Nein, viel besser!

„Morgen geht es ab ins Meer!" Tarek zwinkerte Hatice zu. „Die drei Tauchrobben machen sich bereit!"

„Vier", verbesserte Hatice automatisch.

Beim Stichwort „Tauchrobbe" war Mette-Maja sofort wieder wach!

„Wollen wir um zehn Uhr starten?", fragte Sami.

Hatice begann zu strahlen. „Super!", rief sie.

Sie tastete nach der Schatzkarte und hatte eine Idee …

Wenn sie rechts am Strand entlangliefen, kamen einige

Klippen. Von dort war es nicht weit bis zur Kieferninsel und dem Schatz. Sie hatten zwar kein Boot, aber sie könnten doch hinüberschwimmen, um auszukundschaften, wo der Schatz lag.
Sie tuschelte mit Mette-Maja, die nickte eifrig.
Dann sprang Hatice auf und lief barfuß zum Meer, zusammen mit Mette-Maja.
Sie schlug einen Purzelbaum und noch einen und noch einen ... Mette-Maja machte das Gleiche in den Wellen.
Auf einmal entdeckte sie Noah. Er hatte wieder seine Kopfhörer auf. Ganz in seine Musik versunken, spazierte er quer über den Strand.
Hatice lachte und winkte ihm zu.
Doch er schien sie nicht zu bemerken. Ohne aufzublicken, stapfte er weiter durch den Sand.
Irgendwie sah er traurig aus, fand sie.

11 Die Tauchrobben sind unterwegs

Am Montag war es so warm, dass die Familie auf der Veranda frühstücken konnte. Draußen lagen schon die Schwimmflossen und Taucherbrillen der Brüder bereit. Hatice rollte die vergilbte Landkarte auseinander. „Wir laufen in Richtung Osten, am Ufer entlang! Dort sind Felsen, wollen wir ein Picknick machen?"

Die Mutter sprang auf, um Fladenbrote zu belegen.

„Von den Klippen tauchen und schwimmen wir bis zur Kieferninsel!" Hatice fuhr mit dem Zeigefinger über die Landkarte. „Und dort", das sagte sie aber nur ganz leise, „suchen wir nach dem Schatz!“ Die „Skattekort“ hatte sie im Futter der Kapitänsmütze versteckt, die sie immer auf dem Kopf trug. Sie fühlte sich damit gleich ein wenig wichtiger!

Der Vater staunte. „Die Karte ist mehr als 50 Jahre alt. Wo hast du sie gefunden?“

Hatice hob beide Hände. „Das habe ich doch gestern erzählt! Oben im Haus!“

Sie futterten Waffeln – mit Sahne und Himbeermarmelade, genau, wie Mette-Maja es mochte. Sami und Tarek schlangen ihr Frühstück in sich hinein, guckten immer wieder auf die Uhr und trippelten von einem Fuß auf den anderen. Hatice lächelte: Die beiden waren genauso aufgeregt wie sie!

Um kurz nach zehn war die Gruppe startklar.

Die Mutter packte Kuchen, Fladenbrote, Saft, Wasser und Sonnencreme in einen Rucksack und schon ging es los.

Tarek und Sami liefen mit ihren Schwimmflossen voraus, Hatice mit dem Rucksack auf dem Rücken hinterher.
Andere Kinder guckten neidisch auf die Tauchausrüstung. Hatice lächelte. Wenn sie erst wüssten, wer sie im Wasser begleitete: ein magisches sprechendes Tier!
Noah war auch wieder da. Die Kopfhörer waren anscheinend sein Markenzeichen. Immerhin setzte er sie ab, als er Hatice erkannte. „Hey, was machst du heute?", fragte er neugierig.
„Eine Expedition!", sagte Hatice stolz. „Mit meinen großen Brüdern!"
„Aha!" Noah nickte unschlüssig. „Viel Spaß!"
„Danke." Hatice blickte zu Sami und Tarek. „Ich muss weiter."
„Klar." Noah zögerte kurz, dann drehte er sich um und stapfte davon.
„Wer war das?" Mette-Maja kam angeschwommen.
„Ein Junge aus einem anderen Ferienhaus", erklärte Hatice. „Noah heißt er."

„Der sah aber nett aus!“, fand Mette-Maja. „Wollte er nicht mitkommen?“
„Oh!“ Hatice guckte Noah hinterher, der kaum noch zu erkennen war. „Ich habe nicht daran gedacht, ihn zu fragen.“

Die Geschwister hopsten von einem feuchten Fleck zum nächsten. Da waren Würmer! Muscheln! Krebse!
„Vorsicht, gleich schnappt er dich!“ Tarek zwickte Hatice in die Seite.
Plötzlich kam etwas angeschwommen, das aussah wie ein Fisch. Es war aber nur ein Stück Plastik, das an Land gespült wurde.
„Keine Haticissima!“, lachte Hatice. „Da finde ich was Besseres!“ Sie entdeckte einen Sandwurm, umgeben von Blubberblasen.
„Na du?“ Sie stocherte im Loch, das Würmchen verschwand.
„Der hat Angst vor dir!“, gluckste Sami. „Wann essen

wir Kuchen?“ Hatice zögerte. Sie waren noch gar nicht bei den Felsen!
Vorsichtig nahm sie die Kapitänsmütze ab. „Ich muss euch etwas zeigen!“
„Ich habe Hunger!“, rief Sami.
Hatice setzte den Rucksack ab und packte den Kuchen aus.
Die Brüder stürzten sich sofort darauf, Hatice teilte ihr Stück in zwei Hälften.
„Warum machst du das?“, wollte Tarek wissen und blickte hinaus aufs Wasser, wo die Segelschiffe kreuzten.
„Nur so!“, antwortete Hatice und legte den Kuchen auf eine Serviette neben sich. Bald würde ein Leckermäulchen vorbeikommen!
„Übrigens, was ich euch schon längst erzählen wollte …“
Sami sprang auf die Füße und deutete aufgeregt in Richtung Meer. „So ein cooles Segelschiff habe ich noch nie gesehen! Das hat orangefarbene Segel!“
Hatice nickte. „Wow! Wie gesagt …“

„Los, wir folgen dem Schiff", schlug Tarek vor und wischte sich die Krümel vom Mund.
Die Brüder stürmten los.
Hatice hielt nach Mette-Maja Ausschau. Keine Spur von der Robbe! Sie steckte den Kuchen wieder ein und eilte den anderen hinterher.
„Gleich kommt die Felsenbucht", rief sie. „Die Stelle habe ich euch auf der Karte gezeigt. Dort eröffnen wir unsere Forscherstation!" Hörte ihr eigentlich nie jemand zu?

„Schöne Muschel!“ Tarek blieb stehen und bückte sich. Er zeigte den anderen seinen Fund. „Ich ernenne dich hiermit zu meinem persönlichen Masterpiece!“
Meisterstück? Hatice rollte mit den Augen. Die Muschel war ganz in Ordnung, aber sooo toll war sie auch wieder nicht.
Sami drückte Hatice zwei Steine in die Hand. „Die sind cool, die nehme ich mit nach Hause. Tust du sie in den Rucksack?“
Hatice packte die Steine ein. Puh, plötzlich war der

Rucksack ganz schön schwer! „Wollt ihr wissen, was ‚Skattekort' in unserer Sprache heißt? Es heißt …"
Eine Möwe flog vorbei und kackte genau auf Samis Turnschuh.
Alle kicherten und Hatice gab es auf, von ihrer Schatzkarte zu erzählen. Sie ließ sich ein wenig zurückfallen, denn jetzt kam Mette-Maja angeschwommen. „Hier, dein Stück Kuchen!"
„Danke, Hatice! Wie läufts?" Mette-Maja schleckte genüsslich Hatices Hand ab.
„Ganz gut", sagte Hatice. „Treffen wir uns am Felsen?"
Mette-Maja nickte und verschwand im Meer. „Farvel!"
„Geht klar, Chefin!", antworteten Sami und Tarek, die meinten, Hatice hätte mit ihnen gesprochen.

Nach etwa zwanzig Minuten erreichten sie die Felsenbucht. Hatice schlüpfte in ihren Badeanzug, die Mütze beschwerte sie mit einem Stein. Nicht, dass eine freche Möwe sie klaute …

Sami und Tarek platschten bereits mit ihren Flossen ins Meer, es spritzte nach allen Seiten. „Yippie!“, rief Sami. „Komm doch rein, Hatice!“
Hatice zurrte ihre Taucherbrille fest und rannte ins Wasser. Was blieb ihr auch anderes übrig? Sie musste sich mit der Bucht vertraut machen, bevor sie zur Insel aufbrachen.
Als sie bis zum Bauch im Wasser war, ließ sie sich nach vorne fallen und begann zu schwimmen. Boah, war das kalt!
Erst waren es hektische Stöße, dann wurden die Bewegungen größer und gleichmäßiger. Nach einer Weile traute sie sich sogar, unterzutauchen. Die Sonne leuchtete bis zum Meeresboden.
Fische flitzten vorbei, Seegras wogte hin und her.
Sami und Tarek waren jetzt neben ihr. Sie winkten ihr unter Wasser zu und streckten den Daumen hoch. Am liebsten hätte Hatice laut gelacht vor Freude, ließ es dann aber doch lieber sein. Nicht, dass sie Salzwasser schluckte!
Tarek tippte mit wichtiger Miene auf seine wasserfeste

Uhr und schoss nach oben. Sami schwamm schnell hinterher. Hatice wollte auch zurück an die Oberfläche. Wenn sie sich nur irgendwo abstoßen könnte … Sie zappelte mit Armen und Beinen und kam doch nicht vom Fleck. Auf einmal spürte sie Panik. Wie lange konnte sie wohl unter Wasser bleiben?

Plötzlich war Mette-Maja da! Sie winkte ihr beruhigend zu und war kurz darauf genau unter der mutigen Taucherin. Hatice musste nur die Arme um ihren Hals schlingen – und war gerettet!

Sie schossen nach oben und Hatice holte kräftig Luft.

„Danke, Mette-Maja", japste sie.

Sie drehten ein paar Runden im Wasser. Hatice lauschte dem Möwengeschrei und blinzelte hinüber zu der Insel mit der knorrigen Kiefer. Ihre Schatzinsel!

„Wollen wir es noch einmal versuchen?", fragte Mette-Maja vorsichtig. „Wir beide zusammen?"

Hatice lächelte. „Später!", antwortete sie. Lieber wollte sie mit Mette-Maja durch die Wellen gleiten. Das Meer war groß! So riesengroß! Aber mit Mette-Maja hatte Hatice keine Angst.

„Bereit?“, fragte die Robbe nach einer Weile noch einmal. Hatice streichelte Mette-Majas Wange. Langsam tauchten sie zusammen unter.
Sie sahen Fische mit gelben Bäuchen und Steine mit grünen Mustern. Hatice machte ihre Hand ganz flach, um das Seegras zu berühren. Es fühlte sich an wie ein nasser Teppich mit langen Fransen.
Immer wieder schoss Mette-Maja nach oben, damit Hatice Luft holen konnte.
Irgendwann waren Sami und Tarek da.
Hatice hätte noch ewig weiterschwimmen können, aber Sami deutete in Richtung Land.

12

Mistbrüder!

Sie kletterten an Land. Die Brüder legten sich auf ihre Handtücher in die Sonne und tuschelten. Tarek guckte immer wieder auf seine Uhr.

Hatice stülpte sich die Kapitänsmütze über die nassen Locken. Dann setzte sie sich neben Mette-Maja, die ihr Fell trocknete. In der Ferne lockte die Kieferninsel.

„Gibst du mir mal die Wasserflasche?“, bat Sami und Hatice reichte sie ihm.

„Wie machst du das, dass du mit deinem Schwimmtier untertauchen kannst?“, erkundigte sich Tarek.

„Verrate ich nicht!" Hatice tätschelte Mette-Maja. Die Robbe machte keinen Mucks. „Kauf dir einen rosa Flamingo und finde es selbst raus!"

Tarek verdrehte die Augen. „Bestimmt gibt es ein Spezialventil!"

„Ja, klar!" Hatice kicherte leise.

Nach einer Weile standen Sami und Tarek auf. „Guck mal, Hatice!", rief Sami. „Das kannst du sicher nicht!" Er kletterte auf den höchsten Felsen, trommelte mit den Fäusten auf die Brust und stieß einen Schrei aus. Dann streckte er die Arme vor und machte einen Kopfsprung. Hatice applaudierte.

„Nicht schlecht!", gab Mette-Maja zu.

Platsch! Tarek sprang Sami hinterher. Sein Sprung war allerdings weniger elegant: Er umschlang die Knie mit den Armen und plumpste ins Wasser.

„Noch drei Sprünge, dann schwimmen wir rüber zur Kieferninsel", murmelte Hatice und ließ sich nach hinten fallen. Sie zog Mette-Maja näher zu sich heran. Aus den Augenwinkeln beobachteten sie die beiden Klippenspringer.

Die Wasserfontänen wurden höher. Sami und Tarek klatschten die Handflächen aneinander und johlten. Wieder und wieder kletterten sie auf den Felsen. Irgendwann wurde das Gejohle und Platschen leiser. Hatice setzte sich auf.
„Wo schwimmen die hin?", murmelte sie.
Sami und Tarek waren ganz schön weit draußen! Die beiden schwammen wie Erwachsene, mit jedem Schwimmzug tauchten sie unter.
Mette-Maja reckte ihre Robbennase. „Sie drehen ab", meinte sie. „In Richtung Ferienhaus!"
„Auf Wiedersehen, Hatice!", riefen die beiden. „Wir sehen uns später!" Sami und Tarek winkten über ihre Schultern.
Hatice winkte verdattert zurück. „Was soll das?", rief sie. „Kommt zurück!" Sie hüpfte auf und ab. „Was ist mit den Fladenbroten? Und dem Saft? Soll ich jetzt alles wieder nach Hause schleppen?" Leise fügte sie hinzu: „Und was ist mit dem Schatz?" Sie blinzelte hinüber zur Kieferninsel.
Aber Sami und Tarek kehrten nicht um. Ihre Köpfe

wurden kleiner und kleiner. Irgendwann waren sie nicht mehr zu sehen.

„Solche Dödels!“, schimpfte Hatice. „Die lassen uns hier einfach sitzen!“

„Ist das mies!“, fiel Mette-Maja mit ein. „Und ich kann dir nicht tragen helfen. Das tut mir leid, kleine Krabbe! Aber ich könnte *dich* tragen! Wollen wir rüber zur Kieferninsel schwimmen, wir beide, du und ich?“ Die Robbe legte den Kopf schief und blinzelte sie an.

Hatice warf einen finsteren Blick auf all die Sachen. Und schüttelte den Kopf. Die Lust auf ein Abenteuer war ihr vergangen.

Sie rollte die drei Handtücher zusammen, schnappte sich die Wasserflasche und stopfte alles in den Rucksack. „Na wartet, ihr Fusselpflaumen!“, murmelte sie. „Das werdet ihr mir büßen!“

Mette-Maja schwamm im Wasser nebenher.

Eine Stunde später erreichte Hatice das Ferienhaus und knallte die Sachen auf die Veranda.
„Mistbrüder!“, keuchte sie, nahm die Mütze ab und strich sich die Locken aus dem Gesicht. Die Haare waren total verklebt von Schweiß, Salzwasser und Sonnencreme.
„Ihr seid so gemein!“, rief sie in Richtung Küche.
Doch niemand hörte sie.
Es war nämlich niemand zu Hause!
Zum Glück war die Verandatür nicht abgeschlossen.
Hatice ging mit Mette-Maja in die Küche und verputzte erst einmal alle Waffeln, die vom Frühstück übrig waren. Danach – und nach einer langen Dusche – fühlte sie sich besser.
Als die Mutter mit Leyla nach Hause kam, wunderte sie sich. „Wieso bist du allein, Hatice?“
Hatice antwortete mit einer Gegenfrage: „Wo ist Papa?“
„Heute ist er beim Yoga!“, erklärte Elif Akay. „Und ich war einkaufen.“ Sie ließ sich erzählen, was Hatice erlebt hatte.
„Wir sind los und haben Forscher gespielt und Kuchen

gefuttert, aber …" Hatice angelte sich einen Joghurt aus dem Korb der Mutter, holte einen Löffel und begann zu essen.
Frau Akay hörte sich alles an. Erst nickte sie eifrig, dann verfinsterte sich ihre Miene. Das war an der Stelle, als Hatice rief: „Plötzlich waren sie weg!"
„Ich habe den beiden doch gesagt, dass sie heute nicht zum Volleyball dürfen!" Frau Akay stellte ihre Einkäufe auf die Anrichte.
Hatice verschluckte sich an ihrem Joghurt.
„Wieso Volleyball?", rief sie empört. „Sie wollten doch unbedingt raus aufs Meer! Das haben sie gestern Abend selbst gesagt!"
Elif Akay wischte verlegen mit dem Geschirrtuch über den Tisch. Dabei waren da gar keine Krümel.
„Na ja, es war eher so, dass wir darum gebeten haben, dein Vater und ich …", sie brach ab und guckte Hatice schuldbewusst an. „Aber sie hatten selbst Lust dazu, doch … manchmal muss man die beiden zu ihrem Glück zwingen." Sie redete und redete, damit Hatice nicht merkte, was ihr da eben rausgerutscht war.

Aber Hatice hatte es längst kapiert.
Sie vergrub den Kopf in ihrem Ellenbogen. Sami und Tarek wollten gar nichts mit ihr unternehmen! Sie waren von den Eltern zu dem gemeinsamen Ausflug verdonnert worden!
In Wirklichkeit wollten Sami und Tarek lieber mit Molly und den anderen Kindern spielen anstatt mit ihr! Sie wollten weder tauchen noch forschen und ganz bestimmt hatten sie keine Lust, mit ihr auf Schatzsuche zu gehen.
Der Vater kam herein. „Ich fühle mich so entspannt!“ Summend tanzte er durch die Küche, fasste nach Hatices Händen und zog sie zur Seite. „Kuckuck!“, rief er. Er schloss die Augen, blinzelte – und stellte erstaunt fest, dass Hatice nicht lachte. Nein, er blickte in ein ziemlich wütendes Gesicht.
„Sami und Tarek können mich mal!“, stieß Hatice hervor.
Während die Mutter dem Vater haarklein erzählte, was vorgefallen war, fasste sie einen Entschluss.
SIE war die Schatzsucherin!

SIE hatte von Miss Cornfield den Brief bekommen.
SIE würde das Rätsel lösen.
„Vergiss diese Butterbirnen!“ Mette-Maja, die ganz ruhig unter dem Tisch gelegen hatte, war natürlich auf ihrer Seite. „Wenn jemand tauchen kann, dann ich! Und du, Hatice, wirst den Schatz ausbuddeln. Wir ziehen das Ding durch! Ohne Sami und Tarek!“
Sie stupste gegen Hatices Knie. „Aber vielleicht mit diesem Noah?“

Beim Abendessen prasselte ein Donnerwetter auf die Brüder herab.
„Wieso habt ihr Hatice allein gelassen?“, polterte der Vater los. „Das war verantwortungslos! Nie und nimmer hätte ich das von euch erwartet!“
Sami schnippte eine Pistazie über den Tisch.
„Wir dachten, Hatice macht es Spaß, unsere Schätze zu tragen!“, verteidigte er sich. „Außerdem hatten wir noch einen Termin.“

„Wir mussten dringend zum Volleyball!“, pflichtete Tarek ihm bei.
„Ihr seid einfach davongeschwommen!“, rief Hatice. „Das war gemein!“ Sie schnippte die Pistazie zurück.
„Hatice kann noch nicht so gut schwimmen!“, warf die Mutter ein. „Es war euer Job, auf sie aufzupassen. Das hatte ich euch aufgetragen!“
Dieser Satz machte Hatice noch wütender. Sie brauchte keinen Babysitter! Natürlich konnte sie schwimmen! Sehr gut sogar!
Mette-Maja nickte eifrig.
Der Vater kratzte sich am Kopf. „Also echt!“, schimpfte er. „Selbst Leyla ist vernünftiger als ihr! Für den Rest der Ferien gilt: Niemand darf alleine ins Wasser! Habt ihr mich verstanden?“ Er blickte Hatice an. „Ein Spielzeugtier gilt nicht als Begleitung, ist das klar? Frag mich! Ich schwimme mit dir überallhin! In meiner neuen Badehose!“
Hatice nickte. Aber die Schatzsuche hatte sie sich anders vorgestellt …

13
Noah mit den Kopfhörern

Am Dienstagmorgen blätterten Hatice und Mette-Maja in der „Reise zum Meeresboden“, später spielten sie mit Leyla in der Küche. Hatice trug ihre Kapitänsmütze, in der noch immer die „Skattekort“ versteckt war.
„Lust auf ein Eis?“, fragte Hatice. „Schauen wir bei Kirsten vorbei? Jetzt sind wir schon seit Samstag da und waren noch nie im *Laden, der alles hat*!“
„Lieber möchte ich am Strand bleiben“, gestand Mette-Maja. Also machten sie sich auf den Weg zum Freizeitgelände.

Immer wieder blieb Hatice stehen, um zur Kieferninsel hinüberzusehen. Sie schien weiter entfernt denn je.
„Kann man bei Ebbe rüberwaten?“, überlegte Hatice.
Die Robbe schüttelte den Kopf. „Das ist zu weit. Aber vergiss nicht: Du hast mich!“
„Du zählst nicht“, antwortete Hatice. Und setzte sofort hinzu: „Sagt Papa.“
Mette-Maja wackelte gespielt empört mit dem Kopf. „Ich zähle nicht, also bitte! Ich bin Mette-Maja, das tollste magische Tier, das Mortimer Morrison jemals in seiner magischen Zoohandlung hatte! Ich kann tauchen, schwimmen …“
Hatice ging in die Knie. Sie legte den Arm um ihre Robbe. „… und trösten, zuhören und Mut machen. Du bist die Beste!“ Sie kullerten zusammen durch den Sand und ganz nebenbei drückte Hatice ihrer Gefährtin einen Kuss auf die Stirn.

Am „Vandmanden“ traf Hatice auf ihre Brüder, mit denen sie seit gestern Abend kein Wort mehr gesprochen hatte.
Gerade lagen sie am Boden, ihre Mitspieler warfen sich lachend auf sie. Anscheinend hatten sie das Spiel gewonnen.
Hatice zog sich ein „ispind“ aus dem Automaten.
„Immer schön die Hausaufgaben machen“, lobte Mette-Maja. „Darf ich helfen?“
Hatice holte ein zweites Eis aus dem Automaten. Sie gingen runter ans Wasser. Hatice setzte sich auf einen Stein, Mette-Maja versteckte sich im Schilf.
„Soll ich mal zur Kieferninsel rüberschwimmen?“, fragte Mette-Maja, während sie beide an ihrem Eis lutschten. „Nur gucken?“
„Nein!“ Hatice schüttelte den Kopf. „Den Schatz suchen wir zusammen!“
„Ich bin eine super Kundschafterin!“ Mette-Maja guckte Hatice ganz lieb an.
Da dämmerte Hatice, was hinter diesem Vorschlag steckte: Mette-Maja wollte einfach nur baden gehen.

„Ab mit dir!“ Sie gab der Robbe einen Klaps. „Aber bleib nicht so lange weg wie beim ersten Mal! Sonst vermisse ich dich!“

„Versprochen!“ Mette-Maja watschelte vergnügt davon. „Bis später! Hab dich lieb!“

„Hab dich auch lieb!“, rief Hatice.

„Echt?“ Ein Schatten fiel auf ihren Platz. Hatice blickte auf – und wurde rot wie Himbeereis.

Der Schatten gehörte zu – Noah! Der Kopfhörer baumelte ihm lässig um den Hals, seine Haare waren vom Wind zerzaust. Er trug ein T-Shirt mit der Aufschrift „Save the planet“.

Sie sprang auf. „Hallo Noah!“, rief sie mit glühenden Backen. „Ich habe nur …“ Sie schlug sich auf den Mund. „… mit meiner Robbe geredet!“, wollte sie sagen.

„Äh … nichts!“, antwortete sie stattdessen. Noah grinste.

Hatice wäre am liebsten weggelaufen, aber das ging nicht.

Stattdessen setzte sich Noah neben sie!

„Wie war eure Expedition?“, erkundigte er sich. „Hast du tolle Sachen gefunden?“

„Geht so“, antwortete Hatice ausweichend.

Noah ließ sich nicht beirren. „Hast du vielleicht Lust, mal Boot zu fahren? Unser Ferienhaus hat doch einen Kahn, aber meine Eltern … ach die haben nie Zeit. Und du sitzt hier so einsam rum …“

„Ich bin nicht einsam!“, protestierte Hatice. „Ich hab ja …“ Sie blickte zum Wasser, aber Mette-Maja war längst abgetaucht.

„Okay“, seufzte sie. „Sami und Tarek lassen mich nicht mitspielen. Mistbrüder! Am besten gefallen sie mir als Sandleichen! Du weißt schon, bis oben hin eingebuddelt!“

Noah entwischte ein Lächeln. „Na dann!“, sagte er. „Wollen wir uns heute Nachmittag treffen?“

Hatice stand auf. „Heute Nachmittag kann ich leider nicht. Da gehe ich mit meinen Eltern ins Dorf. Aber morgen habe ich noch nichts vor!“

„Abgemacht“, freute sich Noah.

Sie klopften sich den Sand aus der Kleidung und marschierten zurück zum Freizeitgelände. Dort war das Volleyballspiel noch immer in vollem Gange. Hatice merkte, dass ihre Brüder neugierig zu ihr herüberguckten.

„Morgen um zehn Uhr bei mir?“, fragte Noah zum Abschied. „Ich wohne in dem weißen Haus am Kanal. Davor steht ein blauer Schuppen.“

Hatice nickte. „Super! Ich komm vorbei!“

Den Nachmittag verbrachte Hatice mit Leyla und den Eltern. Sie spazierten ins Dorf. Sie aßen Pommes und besuchten den „Laden, der alles hat“. Hatice durfte das Abendessen aussuchen und entschied sich für Fischauflauf. Mette-Maja würde sich freuen!

Die Robbe war im Ferienhaus geblieben und machte ein Nickerchen.
Hatice ging die Regale entlang und stellte fest, dass der Laden tatsächlich alles hatte, was man sich vorstellen konnte: Zeitschriften, Badetücher, Grillkohle, Süßigkeiten, Rucksäcke. Ein Rucksack war mit kleinen Robben verziert, Hatice klappte ihn auf und zu. Da würden alle Schulsachen hineinpassen!
An der Kasse stand Kirsten. „Na, gefällt es dir bei uns?“, fragte sie. „Coole Mütze!“ Sie nickte Hatice freundlich zu.
„Finde ich auch!“, antwortete Hatice.
Als sie wieder zu Hause waren, holte Hatice eine Mal- und Bastelkiste aus dem Küchenschrank. Sie legte sich auf den Boden und begann zu malen.
Blaue Striche waren das Meer, graue Flecken die Schaumkronen. Oben prangte die Sonne und irgendwo seitlich plumpsten zwei Strichmännchen von einem Felsen ins Wasser. „Hilfe, wir können nicht schwimmen!“, fügte Hatice in einer Sprechblase hinzu. „Hatice! Rette uns!“

Doch Hatice hatte nicht vor, Sami oder Tarek zu retten …

Als Nächstes malte sie eine Robbe, die im Wasser planschte, und zwei Kinder in einem Boot.

Sie befestigte die Bilder mit Klebestreifen in ihrem Zimmer und spürte, wie sehr sie sich auf morgen freute.

14 Ein Boot namens „Knuthilde“

Das Haus, in dem Noah und seine Eltern Urlaub machten, war geräumig und übersichtlich. Keine Stifte kullerten über den Boden, keine dreckigen Teller stapelten sich auf Tisch und Ablage. Alles war blitzsauber. Die Eltern waren nicht da.

Noah zeigte Hatice sein Zimmer im oberen Stock. Die Kopfhörer lagen auf dem zerwühlten Bett, ansonsten war alles aufgeräumt. Von seinem Fenster aus konnte Noah weit übers Meer sehen und musste sich dazu nicht wie Hatice auf die Zehenspitzen stellen.

„Du hast Glück“, meinte Hatice, war sich aber nicht sicher, ob das stimmte.
In diesem Haus gab es nämlich keine knarzende Tür, keinen Dachboden und keine Kapitänsjacke, in der eine Schatzkarte steckte.
Sie lehnte sich aus dem Fenster. „Wo ist das Boot?“
Noah stellte sich neben sie. „Dort unten am Steg.“
Tatsächlich, da lagen mehrere Boote. „Wie viele Leute passen rein?“, wollte Hatice wissen.
„Ich würde sagen, vier!“, antwortete Noah. „Willst du deine Brüder doch mitnehmen?“
„Nein!“ Hatice tätschelte Mette-Majas Speckbäuchlein. „Bist du schon mal rausgefahren?“
„Warum sollte ich?“, fragte Noah zurück.
Hatice zuckte mit den Schultern. „Na, weil du Ferien hast. Weil vor deiner Nase die Nordsee liegt. Weil man am Meer Wassersport macht.“ Sie guckte ihn fragend an. „Oder weil es Spaß macht?“
„Spaß! Was macht schon Spaß?“ Noah trat vom Fenster zurück.
„Komisch“, murmelte Hatice. „Ein Boot ist doch super!“

Aber dann fiel ihr ein, dass ihre Familie auch ganz viele Dinge noch nicht benutzt hatte: nicht das Federballset, nicht das Sandspielzeug mit den vielen Förmchen und auch nicht das Boccia-Spiel, das Papa schon vor Wochen gekauft hatte. Sie hatten nicht einmal die Hängematte aufgehängt.
„Dann fahren wir jetzt damit!", entschied Hatice. Sie marschierten die Treppe hinunter.
„Wieso schleppst du eigentlich ständig diese Schwimmrobbe mit dir rum?", fragte Noah und öffnete die Tür. „Linksherum!"
„Und du deine Kopfhörer?", gab Hatice zurück.
„Das ist …", Noah ging voran. „… damit ich von der Welt um mich herum nicht so viel mitkriege."
Hatice sah ihrem neuen Ferienfreund nachdenklich hinterher. „Bei mir ist es genau andersherum. Mit meiner Robbe sehe ich viel mehr von der Welt!"
Sie erreichten den Steg. Im Wasser lagen drei Kähne. Hatices Herz begann zu hüpfen. Das Rudern würde Spaß machen!
„Welches Boot gehört euch?", fragte sie.

Noah deutete auf den gelben Kahn. „Knuthilde" stand am Bug.
„Ein doofer Name", entschuldigte sich Noah.
Hatice strahlte: „Ich finde ihn toll!" Sie wollte einsteigen, aber Mette-Maja mahnte: „Schwimmwesten!"
Hatice nickte. „Wo sind die Schwimmwesten?"
Noah lachte. „Die brauchen wir nicht!" Er deutete in Richtung Meer. Es lag so glatt da, als hätte jemand mit dem Lineal einen Strich gezogen.
„Trotzdem!", wiederholte Mette-Maja.
„Sind die Schwimmwesten im Schuppen?", fragte Hatice.
Weil sie nicht lockerließ, gingen sie zurück zu dem Holzhaus, das im Garten des Ferienhauses stand.

Der Schuppen war längst nicht so aufgeräumt wie das Ferienhaus.
Ganz vorne stand ein Gartengrill, der so groß war,

dass man zehn Lammkoteletts, zwanzig Tomaten und fünf Maiskolben auf einmal darauf brutzeln konnte. Hatice musste an ihren Vater denken. Er liebte es zu grillen, aber im Hochhaus ging das nicht …

Es gab Gartenmöbel und Regale voller Blumentöpfe. Vergilbte Lampions baumelten von der Decke, auf dem Boden kringelten sich Gartenschläuche.

„Wir könnten ein Sommerfest feiern!", schlug Hatice vor. „Mit Grillen und Wasserschlachten!"

Noah runzelte die Stirn. „Wer ist wir?"

„Na, du und ich und Mette …!" Hatice brach ab. Das war eine blöde Idee. Mette-Maja müsste versteinern und ihre Familie spielte lieber Volleyball oder machte Yoga.

Noah zuckte mit den Schultern. „Mein Vater ist am Morgen zu einer Radtour aufgebrochen und meine Mutter, äh, ich weiß gar nicht, wo sie ist. Vielleicht shoppen in der Stadt?"

„Okay, dann keine Party!", entschied Hatice.

An einer Wand hingen Schwimmwesten, es gab auch welche für Kinder. Sie suchten sich zwei aus und

schlenderten zurück zur „Knuthilde“. Wellen plätscherten gegen das Holz.
Hatice musterte Noah. „Du hast ja deine Kopfhörer gar nicht dabei.“
Noah lächelte. „Nein, heute will ich die Welt nicht aussperren. Im Gegenteil!“
Sie lösten den Knoten in der Leine und stießen sich vom Steg ab.

Hatice und Noah merkten, wie schwierig es war, die Ruder genau gleichzeitig einzutauchen. Ständig drehten sie sich im Kreis. Sie lachten und spritzten sich gegenseitig nass.
Danach ruderten sie abwechselnd, erst Noah, dann Hatice.
„Und noch mal zusammen!“, rief Hatice und tatsächlich: Jetzt klappte es viel besser!
Noah staunte, als Hatice ihre Robbe über Bord warf. „Die treibt doch ab!“

„Keine Sorge!“, antwortete Hatice. „Sie kommt immer zurück!“
Noah schüttelte verwundert den Kopf. „Seid ihr mit einem unsichtbaren Band verbunden?“
Hatice lächelte. „So ungefähr!“

Sie kamen am Freizeitgelände „Vandmanden“ vorbei. Inzwischen klappte das Rudern schon besser! Alle Tischtennisplatten waren belegt. Am Rand des Volleyballfelds standen Sami und Tarek und machten Dehnübungen. Hatice erkannte sie an ihren grünen T-Shirts. Komisch, diesmal machte es Hatice gar nichts aus, dass sie nicht mitmachen durfte.
Hatice erzählte Noah von dem missglückten Ausflug. Sie erzählte von ihrer Schwester Leyla, die unheimlich süß war, aber immer die ganze Aufmerksamkeit beanspruchte: von Mama und Papa.
Noah erzählte von seinen Eltern, die im Urlaub ständig stritten und nichts mit ihm unternahmen. Und er

schwärmte von der Stadt, in der er wohnte: „Sie ist riesengroß, mit einem Fernsehturm, von dem kann man bis zu den Alpen sehen!“ Über seine Schule sagte er: „Die meisten Fächer sind ganz okay, aber Musik mag ich überhaupt nicht. Singen finde ich total schlimm!“ Er stimmte ein Lied von Franz Schubert an: „In einem Bächlein helle …“

„Klingt doch gar nicht so schlecht“, fand Hatice. Vielleicht lag es daran, dass die Wellen so eine schöne Begleitmusik machten?

Als sie sich dem Ufer näherten, kamen zwei Jogger mit grünen T-Shirts vorbei. Sami und Tarek!

„Hallo Schwesterchen!“, johlten sie. „Bist du verlie-ie-iebt?“

Hatice stöhnte. „Achte einfach nicht auf sie.“

„Was?“, antwortete Noah. „Ich hab nichts gehört!“

Hatice lächelte: Er war wirklich nett!

Sie paddelten weiter zum Floß und banden die „Knuthilde" an der Leiter fest. Wie gut, dass sie unter der Kleidung ihre Badesachen trugen!

„Ihr habt ein tolles Boot!", staunten die anderen Badegäste.
„Das stimmt!", antworteten Hatice und Noah stolz. Und dann hüpften sie ins Meer. Ihre Sprünge waren nicht so elegant wie die von Sami und Tarek, aber es machte Spaß!
Noah zeigte Hatice, wie sie die Arme für einen Hechtsprung nach vorne strecken musste, und sie

probierte es aus. Schon nach drei Versuchen klappte es richtig gut.
„Stor, kleine Krabbe!“, rief Mette-Maja, die sich fröhlich im Wasser tummelte. „Hast du auch langsam Hunger?“
Fast hätte Hatice vergessen, dass sie heim zum Mittagessen musste.
„Kommst du später wieder?“, fragte Noah.
Hatice strahlte.

15 Neugierige Blicke

Sami und Tarek kamen nicht zum Mittagessen, also saß Hatice mit ihren Eltern und Leyla zusammen.
„Wie war dein Vormittag?“, fragte Mehmet Akay.
„Super!“, rief Hatice und erzählte von ihrer Bootsfahrt.
„Hattet ihr Schwimmwesten an?“, erkundigte sich Elif Akay besorgt.
„Selbstverständlich!“, antwortete Hatice. „Nachmittags fahren wir wieder raus.“
Die Eltern freuten sich, dass Hatice einen Ferienfreund gefunden hatte.

Hatice war erst um drei Uhr mit Noah verabredet. Der Vater half ihr, die Hängematte aufzuspannen. Zusammen mit Mette-Maja legte sie sich hinein. Schaukelnd blickten sie aufs Meer.
„Sag mal, kleine Krabbe …“, begann Mette-Maja.
„Ja?“ Hatice kraulte ihre Robbe am Bauch.
„Die Schatzkarte, die Kieferninsel …“ Mette-Maja zögerte.
„Hm“, machte Hatice und betrachtete die Wellen.
„Hast du vielleicht dieselbe Idee wie ich?“
Mette-Maja lächelte. „Kann sein!“
Sie steckten die Köpfe zusammen. Und dann schmiedeten sie einen Plan. Einen Plan, bei dem weder Sami noch Tarek vorkamen.
Aber ein Junge mit dunklen Locken!

Um Punkt drei Uhr stand Hatice mit ihrer Kapitänsmütze am Steg, an dem die „Knuthilde“ festgezurrt war. In der Mütze war die Schatzkarte versteckt.

Und schon kam Noah angestürmt!
„Du, Noah", sprudelte es aus Hatice heraus, während sie ins Boot hüpfte. „Wir können jetzt doch schon richtig gut rudern!"
„Das will ich meinen." Noah kletterte hinterher und löste die Leine. „Warum fragst du?"
Sie paddelten den Kanal entlang in Richtung Meer. Mette-Maja tummelte sich im Wasser.
Hatice holte tief Luft, dann erzählte sie von dem Dachboden in ihrem Ferienhaus und der Jacke, in der sie etwas ganz Besonderes gefunden hatte.
„Was denn?", fragte Noah neugierig.
Sie zogen die Ruder ein und ließen sich treiben. Hatice nahm die Mütze ab und reichte sie Noah.
„Finde es selber heraus!"
Noah stutzte kurz. Dann begann er, Hatices Kopfbedeckung zu untersuchen. Als er sie umdrehte, entdeckte er das vergilbte Papier im Futter. Er faltete es auseinander – und stieß einen Pfiff aus. „Wow!", entfuhr es ihm.
„Das ist eine Schatzkarte", erklärte Hatice.

Noah fuhr mit dem Finger über die gestrichelte Linie. „Verstehe“, sagte er leise.

„Ich will rüber zur Kieferninsel!“, sagte Hatice. „Kommst du mit?“

Noah war sofort Feuer und Flamme. „Klar, wir können gleich los!“

Es war Mette-Maja, die Hatice daran erinnerte, dass so eine Expedition gründlich vorbereitet werden musste. Sie benötigten Eimer, Spaten und ihre Tauchausrüstung. „Gute Brotzeit nicht zu vergessen!“, mahnte die Robbe und tauchte ab.

Hatice lachte und gab die Informationen an Noah weiter. Sie beschlossen, am nächsten Tag auf Schatzsuche zu gehen.

„Treffen wir uns wieder um zehn?“, fragte Hatice.

„Geht klar!“ Noah strahlte genauso breit wie Hatice und Mette-Maja.

Beim Abendessen hatte Hatice richtig gute Laune. Die Brüder stocherten lustlos in ihrem Hirsesalat herum.
„War nichts los am Volleyballfeld?", fragte Hatice.
„Wir waren nur zu zweit." Sami zog die Mundwinkel nach unten. „Die anderen haben nachmittags was mit ihren Familien gemacht."
„Sag bloß!" Hatice fischte sich eine geröstete Mandel aus dem Salat. „Was denn?"
„Bootsausflüge, Stadtbummel, Wikingermuseum …", zählte Tarek gelangweilt auf.
„Stimmt!", erinnerte sich die Mutter. „Sogar beim Yoga waren Kinder dabei! Hatice, komm doch mal mit!"
„Frag Sami!", grinste Hatice und tätschelte Mette-Maja unterm Tisch. „Ich bin beschäftigt!"
„Mit was denn?", fragte Tarek.
„Rudern!", antwortete Hatice gelassen.
Tarek legte sein Besteck zur Seite. „Wir haben dich gesehen!"
„Mit einem Jungen!", ergänzte Sami.
„Was dagegen?", gab Hatice zurück. „Ihr habt ja nur Volleyball im Kopf!"

„Jawohl, Hatice", sagte Mette-Maja. „Sag ihnen ruhig mal die Meinung!"
„Dafür hast du nur noch einen Jungen im Kopf!", rief Sami und grinste.
„Hatice ist verlie-ie-iebt!", johlte Tarek.
Die Eltern gingen auf die Sticheleien der Jungen nicht ein. Schließlich hatte ihnen Hatice längst von Noah erzählt. Sie wussten, wo er wohnte, dass er zwei Jahre älter war, dass sie zusammen Boot fuhren und dabei Schwimmwesten trugen. Sie hatten nichts dagegen. Warum auch?
„Trefft ihr euch morgen wieder?", fragte Sami.
„Das geht dich gar nichts an", antwortete Hatice und schob ihren leeren Teller weg.
Während die Eltern das Geschirr abräumten, legte sie sich auf den Boden, um noch ein paar Bilder zu malen. Eines zeigte Sami und Tarek, die weinend neben einem Volleyballnetz saßen. „Buhu, keiner spielt mit uns!", heulten sie. „Die anderen sind so gemein!"
Sie klebte die Comics an die Wand in ihrem Zimmer – zu den anderen Bildern.

Nach dem Abwasch schlug die Mutter einen Strandspaziergang vor.
„Wer kommt mit?“, fragte sie und zog Baby Leyla das Jäckchen an.
Hatice hatte keine Lust, mit Sami und Tarek zu Hause zu bleiben, und sprang auf. Mette-Maja watschelte bereits die Verandatreppen hinab, niemand achtete auf sie.
Sie waren schon am Wasser, als Sami und Tarek plötzlich hinterherstürmten und Hatice mit Sand bewarfen.
„Na toll!“, murmelte Hatice, bückte sich und warf eine Handvoll Sand zurück.
Sie liefen am Meer entlang, machten Fotos und beobachteten die anderen Urlauber, die ebenfalls spazieren gingen.
Plötzlich erfasste eine Windböe Hatices Kapitänsmütze. Sie wollte sie festhalten – zu spät. Die Mütze segelte übers Wasser.

Oje! Jetzt schwamm sie auf den Wellen. Hilfe! Die Schatzkarte!

Hatice wurde blass. Ihre Mütze trieb immer weiter ab. Sie sah sich um. Wer konnte helfen?

Klar, Mette-Maja! Die Robbe war längst im Meer. Sie zischte durch die Fluten, war schon fast am Ziel, als eine Windböe die Mütze weiter wegwirbelte.

Die Robbe tauchte ab und fünf Sekunden später wieder auf – mit der Mütze auf dem Kopf!

Das sah lustig aus, trotzdem war Hatice nicht zum Lachen zumute.

Ob die Schrift jetzt noch zu lesen war?

Leise zählte sie vor sich hin. Sie war noch nicht mal bei zehn angekommen, da war Mette-Maja schon wieder neben ihr. Die Robbe schüttelte sich, die Mütze plumpste in den Sand. „Bitte schön!"

„Danke schön!" Hatice griff ins Futter und zog die Schatzkarte hervor. Sie klappte sie auf – und plötzlich stand jemand hinter ihr.

„Was hast du denn da?" Tarek beugte sich neugierig über ihre Schulter.

„Geht dich gar nichts an!“, antwortete Hatice und klappte die Karte zu. Die gestrichelte Linie war noch immer gut zu erkennen. Glück gehabt!

Sie machten noch mehr Fotos, dann spazierten sie zurück zum Ferienhaus. Hatice gähnte und gähnte. Heute war sie den ganzen Tag auf dem Wasser gewesen!
„Gute Nacht!“ Sie ging in ihr Zimmer, um ihre Sachen für die Schatzsuche bereitzulegen. Shorts, Turnschuhe und natürlich die Kapitänsmütze.
In dem Moment steckten die Brüder ihre Köpfe durch die Tür.
„Können wir morgen auch Boot fahren?“, fragte Tarek und klopfte ungeduldig gegen den Türrahmen.
„Wir sind echt gute Ruderer!“, meinte Sami und schaute sich neugierig im Zimmer um. Seine Miene verfinsterte sich, als er Hatices Zeichnungen an der Wand entdeckte.

„Warum geht ihr nicht Volleyball spielen?", entgegnete Hatice. Sie streckte die Füße aus und fuhr mit den Zehen über Mette-Majas Fell. Die Robbe lag still und stumm auf dem Teppich.
„Morgen kommt niemand!", presste Sami hervor.
„Die machen Familienkram", ergänzte Tarek. „Das Boot ist echt cool!"
„Nö!", antwortete Hatice. „Das wird zu eng! Gute Nacht!"
„Gute Nacht!", knurrten die Brüder.
Tareks Blick blieb kurz am Stuhl mit den Sachen hängen, dann schloss er die Tür.
Hatice und Mette-Maja machten es sich bequem.
„Hast du alles für morgen?", fragte Mette-Maja aufgeregt. „Auch die Schaufeln?"
„Die Schaufeln holen wir uns morgen aus Noahs Schuppen", versprach Hatice und gähnte.
Keine Minute später war sie eingeschlafen.

16 Schreck in der Morgenstunde

Irgendein Geräusch weckte Hatice. Wie spät war es? Der Blick auf den Wecker verriet es: kurz vor sieben. Hatice lauschte. Irgendwo schlug eine Tür. *Klapp, klapp.* Immer wieder. *Klapp, klapp.* Das nervte! Sie tastete sich aus dem Zimmer.

Aha! Sami und Tarek hatten ihre Tür nicht ordentlich zugemacht. Hatice linste durch den Spalt ins Zimmer.

Nanu! Die Betten waren leer!

Schliefen Sami und Tarek auf der Veranda?

Sie lief nach unten und öffnete die Tür nach draußen.

Der Himmel war nicht so blau wie in den letzten Tagen, ein frischer Wind plusterte die Vorhänge auf. Die Veranda war, bis auf die Gartenmöbel, leer. Nachdenklich kehrte Hatice in ihr Zimmer zurück. Sie wollte gerade einen großen Schritt über Mette-Maja machen, als ihr Blick auf die Kapitänsmütze fiel. Warum lag die auf dem Boden?

Hatte Mette-Maja mit ihr gespielt? Sicher nicht!

Eine dunkle Ahnung stieg in ihr hoch.

Hatice griff nach der Mütze, drehte sie um – und ächzte.

Die Schatzkarte war weg!

Sie rüttelte an Mette-Majas Schulter. „Sami und Tarek haben unsere Schatzkarte geklaut!", stieß sie hervor. „Sie waren nachts bei uns im Zimmer und haben sie gestohlen!" Sie hielt Mette-Maja, die verschlafen ein Auge öffnete, die Kapitänsmütze vor die Nase. „Wie fies!"

Mette-Maja war sofort hellwach. Ihr fiel etwas auf. „Sieh mal, kleine Krabbe!" Sie reckte ihre Nase in Richtung Wand.

Zu den Bildern, die Hatice gemalt hatte, war ein weiteres hinzugekommen. Es zeigte Sami und Tarek, breit grinsend, mit einer Schatztruhe.

„Wir müssen zu Noah!“, schnaubte Mette-Maja.
Hatice zog sich blitzschnell an und rannte nach unten. Die Treppe ächzte bei jedem Schritt. Egal – das Schnarchen des Vaters war lauter. Auch ihre Mutter und Leyla schienen noch zu schlafen.
Hatice zeigte Mette-Maja die leere Veranda, Mette-Maja rutschte bereits die Stufen hinunter. Wo waren die Brüder?
Hatice legte die Hand über die Augen und spähte in die Ferne. Der Strand war leer, das Meer schäumte. Alles war grau in grau.
Oder war da ein gelber Punkt zwischen den Wellen? Schwer zu erkennen!
Sie ging zurück ins Haus. Gab es dort nicht ein Fernrohr?

Hatice sah sich um. Ah, es hing am Haken neben der Küchentür, halb versteckt hinter einer alten Strickjacke.

Sie flitzte zurück zum Strand, Mette-Maja nickte anerkennend.

„Wehe, die schnappen uns den Schatz weg!“, rief Hatice wütend.

Der Wind blies um Hatices Wangen und zerzauste ihr Haar. Sie presste das Fernrohr gegen die Augen. Immer noch war alles grau! Sie konnte nichts erkennen, ihre Hände zitterten zu sehr. Moment, da war ein Rädchen an der Seite. Als sie daran drehte, wurde das Bild schärfer.

„Nimm mich hoch!“, bat Mette-Maja.

Mit Mette-Maja unterm Arm wurde Hatice ruhiger. Obwohl sie das Fernrohr nur mit einer Hand hielt, war sie jetzt konzentrierter bei der Sache.

„Kannst du was sehen?“, fragte Mette-Maja neugierig.

Hatice drehte noch mal an dem Rädchen – und schnappte nach Luft.

In der Ferne trieb tatsächlich ein Boot! Es war gelb!

„Ich glaube, diese Mistbrüder sind auf dem Weg zur Insel!“, stieß sie hervor.

„Wir verfolgen diese Clownsnasen!“, rief Mette-Maja. „Auf zu Noah!“

17

Raus aufs Meer

Hatice sauste am Kanal entlang. Mette-Maja, die in ihren Armen lag, war leicht wie immer.

Schon kam der Steg in Sicht. Doch keine Spur von der „Knuthilde"!

Hatice ballte die Fäuste vor Wut. Diese Gurkenpupser hatten nicht nur die Schatzkarte, sondern tatsächlich auch das Boot geklaut!

Zum Glück wusste Hatice, in welchem Zimmer Noah schlief. Sie bückte sich, hob ein paar Steinchen auf und warf sie gegen die Scheibe.

„Noah!“, rief sie. „Komm schon. Wach auf!“
Endlich öffnete sich das Fenster.
„Was ist los?“, fragte eine verschlafene Stimme. „Ach du bist es, Hatice! Ist es schon zehn?!“
„Die ‚Knuthilde‘ ist weg!“, schrie Hatice. „Komm runter!“

Zwei Minuten später schoss Noah durch die Haustür. Sie spurteten zum Steg. Als Noah die Lücke entdeckte, wurde er blass.
„Das gibt Ärger!“, stieß er hervor. „Hast du was gesehen?“
Hatice setzte Mette-Maja auf den Boden. „Ich bin aufgewacht und habe entdeckt, dass meine Brüder weg sind.“ Sie blickte mit finsterer Miene auf den Steg. „Sie haben schon den ganzen Tag so blöd rumgestichelt und weißt du, was sie gemacht haben?“
Noah knetete unruhig seine Hände.
„Sie haben die Schatzkarte geklaut!“, rief Hatice.

Noah schnappte nach Luft.
„Und dann haben Mette …“ Hatice unterbrach sich. „Und dann habe ich ein Fernrohr geholt und da war ein gelbes Boot draußen! Ich bin hergeflitzt …“ Sie machte eine hilflose Handbewegung. „Und jetzt ist die ‚Knuthilde‘ weg!“ Hatice klopfte gegen das Fernrohr, das an ihrer Schulter baumelte.
„Verstehe!“ Noah nickte. „Sie sind also unterwegs zur Kieferninsel. Ganz schön frech.“ Er fuhr sich durch die Locken. „Aber noch haben sie den Schatz nicht!“
Hatices Blick wanderte den Steg entlang. „Hhmmm.“ Sie überlegte.
„Hast du zufällig dieselbe Idee wie ich?“ Sie lächelte Noah an und Noah lächelte zurück. „Ich glaube schon.“
Und dann ging alles ganz schnell.
Sie gingen in den Schuppen, um Schwimmwesten und Schaufeln zu holen. Hatices Blick wanderte zu den Seilen, die an der Wand hingen. „Die nehmen wir mit. Vielleicht brauchen wir sie bei der Schatzsuche!“
Noah nickte. „Seile sind immer gut!“

Sie marschierten zurück zum Kanal. „Welches Boot gefällt dir am besten?", fragte Noah. „Nach der ‚Knuthilde'?"
Hatice stand unschlüssig da. Durften sie das einfach machen? Ein fremdes Boot ausleihen?
„Notfall!", rief Mette-Maja, die längst im Wasser war. „Nimm das blaue!"
„Wir nehmen die ‚Möwe'!" Hatice deutete auf einen blauen Kahn.
„Perfekt!" Noah löste den Knoten und steckte die Ruder in die Halterungen. „Los! Auf gehts zur Kieferninsel!"
Sie fuhren den Kanal entlang und erreichten bald das offene Meer.
„Immer geradeaus!", rief Mette-Maja. „Soll ich vorausschwimmen?"
„Spare deine Kraft!", antwortete Hatice. „Und eins und zwei!"
Sie ruderten, so schnell sie konnten. Vielleicht schafften sie es, vor den Brüdern zur Insel zu kommen!

Und tatsächlich! Der Abstand zur „Knuthilde" wurde kleiner. Sie hatten Rückenwind!

Hatice machte eine kurze Pause und schaute durch das Fernrohr. „Ich sehe sie! Zwei grüne Punkte in einem Boot!"

Sie griffen wieder nach den Rudern. So schnell waren sie noch nie gewesen! Das Boot schaukelte auf den Wellen, Salzwasser spritzte hoch und brannte in ihren Augen. Wolken verdunkelten den Himmel, der Wind hatte deutlich zugenommen.

„Schneller, schneller!", kommandierte Noah. „Wir holen sie ein!"

Hatice ging langsam die Kraft aus. Aber sie biss die Zähne zusammen und machte weiter.

„Spitzenmäßig, kleine Krabbe!", rief Mette-Maja aus dem Wasser. „Gleich habt ihr sie eingeholt!"

Hatices Handflächen brannten. „Kleine Pause", keuchte sie.

„Kein Problem“, meinte Noah und legte das Ruder ab. Hatice hob den Kopf. Auch das gelbe Boot schwankte auf den Wellen!

Sie nahm das Fernrohr hoch und gleich wieder runter. „Das kann ja wohl nicht wahr sein!“, stöhnte sie.

„Was?“ Noah rieb die Handflächen aneinander.

„Sami und Tarek haben keine Schwimmwesten an!“, stieß Hatice hervor. Plötzlich drehte die „Knuthilde“ ab.

Noah kniff die Augen zusammen. „Wohin fahren die denn?“

Sie starrten übers Wasser, das immer mehr schäumte und spritzte. Hatice wischte sich die nassen Locken aus dem Gesicht. „Besonders viel Übung im Rudern haben sie nicht!“, murmelte sie. „Schon gar nicht bei dem Sturm!“

Ihr war mulmig zumute, doch sie ließ sich nichts anmerken. „Weiter!“, knurrte sie.

Sie griff nach dem Ruder, warf einen erneuten Blick auf die „Knuthilde“ – und schrie entsetzt auf. Denn genau in diesem Moment plumpste ein Ruder ins Wasser. Sami hatte es fallen lassen!

„Nicht rüberbeugen“, wimmerte sie. „Sonst fällst du ins Wasser!“

Sami blieb sitzen. Aber was machte Tarek?

Er lehnte sich rüber!

Zwar fiel er nicht ins Wasser. Hatice atmete kurz auf. Aber auch er verlor sein Ruder! Noah stöhnte. „Solche Pupsbacken!“

„Oh weh!“ Mette-Maja streckte ihren Kopf übers Wasser.

„Schneller!“, rief Hatice und ließ die beiden grünen Punkte nicht aus den Augen. Jetzt machte sie sich doch glatt Sorgen um ihre Mistbrüder!

Nun drehte auch noch der Wind und peitschte ihnen ins Gesicht.

Irgendwie schafften es Hatice und Noah, die „Möwe“ auf Kurs zu halten.

Gischtkronen schäumten auf den Wellen.
Die Schiffbrüchigen merkten, dass ein fremdes Boot auf sie zusteuerte.
„Hilfe!“, riefen Sami und Tarek. „Hilfe!“
Die „Knuthilde“ schwankte im Wasser.
Hatice dachte an den Brief von Miss Cornfield. Lebensretterin stand auch darauf … Plötzlich stupste eine graue Schnauze gegen den Rumpf. „Ich bin auch noch da!“, rief die liebste Stimme der Welt.
Hatice atmete auf. Natürlich! Niemand war schneller und zuverlässiger als Mette-Maja!
Hatice beugte sich über den Bootsrand und flüsterte mit ihr. Die Robbe nickte eifrig und verschwand in den tosenden Fluten.
Noah guckte ihr verblüfft hinterher.
„Rudern!“, befahl Hatice. „Eins und zwei und drei!“
Mit aller Kraft stemmten sie sich gegen den Wind, und Noah vergaß, was er gesehen hatte.
Sie kämpften sich weiter durch die Wellen und jetzt erkannten die Brüder, wer da auf sie zukam.

„Hilfe!“, schrie Sami und winkte.
„Wir haben die Ruder verloren!“, brüllte Tarek.
„Schon klar!“, murmelte Hatice.
Und noch jemand näherte sich der „Knuthilde“: eine silbergraue Robbe! Sie tauchte nach links und nach rechts. War da was? Ach nein, leider nur ein Ast. Mette-Maja gab trotzdem nicht auf.
Tarek rief Sami etwas zu, was Hatice nicht verstand. Hatice biss sich auf die Lippen. Die Brüder entfernten sich immer mehr und sie war viel zu weit weg, um helfen zu können!
Doch dann tauchte Mette-Maja plötzlich auf. Und was hielt sie im Maul? Ein Ruder!
Hatice konnte sehen, wie überrascht die Brüder waren. Und wie dankbar!
Sami nahm das Ruder entgegen und steckte es in die Halterung. Er ruderte und ruderte – und drehte sich im Kreis.
Hatice und Noah kamen näher. Zehn kräftige Ruderschläge, dann waren sie da. Sie warfen den Brüdern ihre Schwimmwesten zu.

„Anziehen!“, befahl Hatice. „Ihr braucht sie dringender als wir!“

Folgsam schlüpften Sami und Tarek in die Westen. Hatice fühlte sich gleich ein wenig besser. Die Wellen konnten das Boot noch so sehr herumschleudern, die Brüder würden nicht untergehen!

Ein grauer Robbenkopf tauchte auf. Mit dem zweiten Ruder im Maul!

Sami klappte der Mund auf. Wortlos nahm er das zweite Ruder entgegen. Man sah ihm an, dass er nicht wusste, ob er gerade träumte.

18

„Und hopp und hopp!"

Die beiden Jungen schlotterten vor Kälte. Hatice zog ihre Jacke aus und reichte sie Sami. Noah gab seinen Pulli weiter an Tarek.
„Danke", riefen die beiden, aber in dem Sturm waren ihre Stimmen kaum zu hören.
Hatice atmete tief durch. Am liebsten würde sie ihre Brüder sofort ausschimpfen und fragen, warum sie die Schatzkarte geklaut hatten.
Aber ihr fehlte die Kraft. Beide Boote schaukelten und schwankten im Wasser. Wie friedlich es doch gestern

gewesen war! Hatice dachte sehnsüchtig an den sonnigen Ferientag mit Noah zurück.
Aber es half ja nichts: Sie mussten zurück.
Sie strich sich die nassen Haare aus dem Gesicht und überlegte. Sie waren weit abgetrieben. Die Kieferninsel war im endlosen Grau des Himmels kaum zu erkennen und auch der Strand wirkte unerreichbar.
Sie hatten nur zwei Schwimmwesten für vier Kinder.
Irgendwie hatte sie sich die Schatzsuche anders vorgestellt.
Genau in diesem Moment kam Mette-Maja auf sie zu.
„Halte durch, kleine Krabbe!“ Die Robbe wackelte mit dem Kopf. „Ich hab eine Idee.“ Hatice horchte auf.
„Ihr bindet die Boote zusammen und ich hole meine Kumpels. Dann schleppen wir euch ab, okay?“ Sie umrundete die „Möwe“. Die tosenden Fluten störten sie nicht.
Hatice nickte und schrie gegen den Sturm an: „Boote zusammenbinden, aber dalli!“
Zum Glück drehte sich Mette-Maja noch einmal um.
„Ich beeile mich, kleine Krabbe!“ Das tröstete Hatice.

„Was sollen wir machen?“, brüllte Sami. „Hast du einen Plan?“

Zum ersten Mal, seit Hatice sich erinnern konnte, schwang in seiner Stimme so etwas wie Anerkennung mit.

„Bindet die Boote zusammen!“, kommandierte Hatice und warf den Jungen ein Seil zu.

Die Brüder verkniffen sich irgendwelche Nachfragen. Hatice kletterte nach vorn und knotete ein Seil am Eisenring der „Möwe“ fest. Sie hatte kaum noch Kraft in den Fingern. Und noch immer tobte der Sturm um ihre Ohren.

Wo blieb Mette-Maja? Alle froren, sie konnten nicht mehr länger warten!

„An die Ruder“, rief Hatice. „Und hopp und hopp!“

Keiner zauderte. Alle taten, was Hatice befahl.

Während sie ruderten, ließ Hatice den Blick über das Wasser schweifen. Wo blieb ihre allerbeste Freundin? Sie vermisste sie so sehr!

Die vier Kinder stemmten sich gegen den Wind. Hatices Handflächen brannten, auf ihren Wangen vermischten sich Tränen mit Salzwasser. Selten hatte sie sich so hilflos gefühlt.

Aber dann, ganz plötzlich ragte ein graues Köpfchen aus den Schaumkronen hervor. „Huhu, Hatice!" Mette-Maja winkte und johlte.

Hatice ließ das Ruder sinken. Mette-Maja kam auf sie zugeschossen, aber sie war nicht allein. Hinter ihr schwammen sechs weitere Robben.

„Ich musste lange suchen, aber nun ist die Mannschaft komplett!", rief Mette-Maja. Sie strahlte Hatice an.

Die Augen der drei Jungen wurden kugelrund.

„Kannst du zaubern, Hatice?", staunte Sami.

„Festbinden!" Hatice warf den Jungen noch zwei Seile zu, dann zurrte sie ein weiteres Seil an der Sitzbank fest.

Mette-Maja nickte den anderen Robben zu, sie schnappten sich die Seilenden. Und los ging die wilde Fahrt!

Sie pflügten durch die sich auftürmenden Wellen. Die beiden Boote sahen jetzt aus wie zwei Kutschen. Nur, dass die Zugtiere sieben Robben waren.

Möwen kreischten über ihren Köpfen.
Je mehr sie sich dem Strand näherten, umso kleiner wurden die Wellen.
Nun tauchten auch die Kinder die Ruder wieder ins Wasser.

Die Wolken verzogen sich, blauer Himmel blitzte hervor. Schon waren die Ferienhäuser zu erkennen, am Strand waren die ersten Urlauber unterwegs.

Drei von ihnen kamen Hatice sehr bekannt vor. Denn wer stand am Ufer und winkte wie verrückt?
Ihre Eltern und Leyla!
Auf einmal wurden die Boote langsamer und blieben fast stehen.

„Mann, wieso geht das plötzlich so schwer!", stöhnten Sami und Tarek. Hatice wusste sofort, was los war: Ihre Zugpferde zogen ab!

Die Robben hatten ihre Seile losgelassen. Hatice drehte sich um und sah gerade noch, wie sie in den Wellen verschwanden.

„Tak!“, rief sie ihnen hinterher. „Tausendmal tak!“

Aber eine Robbe war noch da! Mette-Maja!

Auch sie ließ ihr Seil los und schwamm zu Hatice.

Hatice zog ihre Robbe vorsichtig über den Bootsrand und tätschelte ihr den Kopf. „Das hast du großartig gemacht!“

Die drei Jungen guckten verdattert.

Hatice legte den Kopf schräg. „Was ihr gerade gesehen habt, bleibt unter uns“, flüsterte sie. „Es gibt Dinge auf der Welt, die gehen niemanden etwas an. Die sind geheim! Ihr erzählt niemandem von den Robben, ist das klar?“ Sehr ernst setzte sie hinzu: „Schwört ihr das?“

Die Jungen nickten. „Kein Sterbenswörtchen kommt über unsere Lippen!“

Noah hielt drei Finger hoch: „Ich schwöre!“

Tarek reichte seiner Schwester ein völlig durchnässtes Papier. „Die Schatzkarte!“, murmelte er.

Mehmet Akay kam ihnen mit hochgekrempelten Hosenbeinen entgegen.

„Ihr seid zurück!" Gemeinsam schoben sie die Kähne an Land.

Elif Akay stürmte auf die Kinder zu und umarmte sie ganz fest.

Leyla strampelte vor Freude.

Erleichterung breitete sich auf den Gesichtern der Eltern aus.

Die Mutter wickelte die vier in Handtücher. „Was war das denn für eine Aktion?", fragte sie atemlos.

Die Kinder schwiegen. Verlegen schauten die Brüder auf den Boden.

„Und wer bist du?" Sie nickte Noah zu, aber dann fiel es Frau Akay selbst ein. „Du bist Noah, richtig?"

Hatice nickte. „Mein Ferienfreund. Er wohnt da drüben!"

Niemand machte eine blöde Bemerkung. Auch nicht, als Hatice ihre Robbe trocken tupfte.

Weil die Kinder noch viel zu erschöpft waren, um zu reden, erzählten erst einmal die Eltern, was sie an diesem Morgen erlebt hatten.
„Wir sind aufgewacht, weil Leyla Hunger hatte …“
„… und haben gesehen, dass eure Betten leer waren!“
„Wir haben überall gesucht …“
„… und irgendwann die beiden Boote draußen entdeckt. Was waren wir froh, als wir gesehen haben, dass ihr Schwimmwesten tragt!“
Die Brüder wurden rot. „Daran hat Hatice gedacht!“, murmelte Sami.
„Meine Große!“, sagte Herr Akay stolz und klopfte ihr auf die Schulter.
Hatice strahlte.
Die vier Abenteurer verzichteten darauf, genau zu erzählen, wer wann mit wem und welchem Kahn in See gestochen war. Und dass sie genau genommen nur zwei Schwimmwesten hatten. In dem Trubel schien das niemandem aufzufallen. Sie waren schließlich heil ans Ufer gekommen, den Robben sei Dank!
„Wir wollten einen Schatz heben!“, kürzte Hatice die

Geschichte ab. „Aber dann kam der Sturm! Ich habe nämlich eine Schatzkarte gefunden, oben auf dem Dachboden!“ Endlich durfte sie ihre Geschichte erzählen. „Da oben sieht es irre aus! Wie in einem Museum …“ Sie berichtete von den Kostümen, dem alten Steuerrad und der Landkarte.

„Und wo ist jetzt der Schatz?“, erkundigten sich Elif und Mehmet Akay.

Hatice breitete die Schatzkarte aus. Inzwischen konnte sie ihre klammen Finger wieder bewegen. „Da!“ Sie tippte mit dem Zeigefinger auf das Ostufer der Kieferninsel. „Wir müssen noch mal raus!“ Sie blickte in die Runde. „Aber jetzt brauche ich erst mal eine heiße Tasse Kakao!“

Sie waren schon auf dem Weg zu ihrem Ferienhaus, da fiel Elif Akay etwas ein. „Sollten wir nicht erst deinen Eltern Bescheid sagen?“ Sie tippte Noah auf die Schulter. „Bestimmt haben sie dich schon vermisst!“

Noah protestierte: „Das schaffe ich schon alleine!“
Aber die Mutter war nicht zu bremsen. „Sie sind bestimmt total froh, wenn du gesund und munter vor ihnen stehst. Wir könnten zusammen frühstücken, was meint ihr? Sami und Tarek gehen schon mal mit Papa vor, sie müssen sich umziehen. Hatice und ich begleiten dich!“
Noah guckte zweifelnd, alle anderen nickten.

Sie mussten mehrmals klingeln, bis endlich die Tür aufging.
Noahs Eltern trugen Bademäntel und wirkten reichlich verschlafen.
„Noah?“, fragte der Vater verwundert. „Wo kommst du denn her?“
„Wieso sind deine Kleider nass?“, fragte die Mutter. „Wem gehört das Handtuch?“
Ihr Blick wanderte zu Frau Akay und Hatice.
Noah starrte auf den Boden. „Hab ich es nicht gesagt!“,

murmelte er. „Sie haben noch nicht mal gemerkt, dass ich weg bin!"

Frau Akay stemmte die Arme in die Seiten. „Na hören Sie mal!", rief sie. „Frau und Herr äh …"

„Klinger", warf Noahs Vater ein. „Und wer sind Sie?"

„Elif Akay", sagte Hatices Mutter und holte Luft. „Die Kinder wären fast ertrunken!"

„Mama!", mischte sich Hatice ein. „Nein!"

Die Mutter trat einen Schritt nach vorne. „Die Kinder waren mit zwei klapprigen Kähnen da draußen im Sturm. Sie wollen mir doch nicht erzählen, dass Sie davon nichts mitbekommen haben?" Sie tippte auf ihr Handgelenk, nur um festzustellen, dass sie keine Armbanduhr trug. „Es ist doch bestimmt schon ..." Sie guckte prüfend in den Himmel. „Halb elf?"

Noahs Eltern zupften an ihren Bademänteln herum.

„Wir haben noch geschlafen", murmelte Frau Klinger. „Ist das denn verboten?"

Nun mischte sich Hatice ein. „Ja! Noah ist immer allein am Strand und Ihnen ist das egal!"

Stille trat ein.

Hatice linste an Noahs Eltern vorbei in die Küche. Wieder war alles blitzblank, aber gemütlich sah es nicht aus. Sie mochte es lieber, wenn Leyla durch Holzklötzchen krabbelte und sich eine Robbe hinterm Vorhang versteckte.

Frau Akay räusperte sich. „Also ich, ich könnte jetzt eine Tasse Kaffee vertragen! Sie sind herzlich eingeladen!“
Hatice stupste Noah vorsichtig an. „Kommst du mit zu uns?“, fragte sie.
„In fünf Minuten!“, versprach Noah. „Ich muss mich umziehen und …“ Er warf seinen Eltern einen ernsten Blick zu. „… mit Mama und Papa reden! Bis gleich!“

19 Ein schöner Tag am Meer

Zu Hause nahm Hatice als Erstes eine heiße Dusche. Mette-Maja ruhte sich auf der Badematte aus. Unten hörte sie die Familie mit dem Geschirr klappern. Der Vater stand bereits am Waffeleisen.

„Heute wird der sonnigste und wärmste Tag der Woche“, rief die Mutter. „Wir frühstücken draußen!“

Hatice setzte sich mit Mette-Maja auf die Verandastufen.

Sie blickten hinaus aufs Meer: Keine einzige Welle kräuselte sich. Harmloser ging es nicht!

Sami und Tarek traten auf die Veranda, um den Tisch zu decken.

Als die Teller auf dem Tisch standen, setzten sie sich zu Hatice.

„Das war echt cool von dir, Hatice", sagte Tarek.

„Ja, voll super!", meinte Sami.

Hatice und Mette-Maja blickten aufs Wasser. War das alles?

Hatice schluckte.

„Du bist dran, kleine Krabbe", flüsterte Mette-Maja.

Hatice holte tief Luft. Dann drehte sie sich zu ihren Brüdern. „Ihr lasst mich nie mitspielen!", rief sie. „Ständig macht ihr euch lustig über mich!"

Sami und Tarek schauten betreten auf den Boden.

„Und dann lästert ihr noch über meine Robbe!" Hatice zog Mette-Maja näher zu sich heran. „Das hat sie nicht verdient! Was ist denn so falsch daran, mit einer Robbe zu spielen?"

Sami zuckte mit den Schultern. „Nichts!"

„Das war blöd", gestand Tarek.

Hatice wurde lauter. „Ich finds auch blöd, dass ihr mir

einfach die Karte geklaut habt! Und dass ihr so doofe Sprüche über Noah macht!“ Sie warf einen Stein in den Sand.

„Entschuldigung“, sagte Sami leise.

Tarek stand auf und setzte sich neben sie. „Du bist eine tolle Schwester! Voll mutig.“

„Bist du wirklich!“, nickte Sami.

Hatice war einen kurzen Moment sprachlos. So etwas Nettes hatten die beiden noch nie zu ihr gesagt!

„Und deine Robbe ist auch total cool!“, meinte Sami und hockte sich auf der anderen Seite neben Hatice.

„Finde ich auch“, sagte Tarek und strich Mette-Maja übers Fell.

Die Robbe gluckste zufrieden.

Und auf einmal fühlte sich auch Hatice pudelwohl.

Noahs Eltern brachten jede Menge Essen mit: Müsli, Brot, Honig, Marmelade. Und Fisch! Mette-Maja leckte sich das Mäulchen. Im Meer war sie nicht zum Jagen

gekommen. Wie auch? Schließlich musste sie zusammen mit Hatice und ihren Kumpels Leben retten! „Waffeln sind fertig!“, rief Herr Akay im selben Moment aus der Küche. „Selbstbedienung!“
Hatice schnappte sich einen Teller und stellte sich hinter Sami und Tarek in die Reihe. Noah gesellte sich dazu.
„Na, schon ausgeruht?“, fragte er Hatice. „Hast du Lust, nachmittags an den Strand zu gehen?“
Hatice warf einen Blick zu ihrer Robbe. Die nickte eifrig.
„Wir haben nur noch zwei Tage!“, flüsterte Mette-Maja. „Das müssen wir ausnutzen!“
„Ich bin dabei!“, antwortete Hatice glücklich. Endlich waren die Ferien so, wie sie sich das vorgestellt hatte!
Sie hatten nicht genügend Stühle, also holten sie Kissen, die sie auf den Holzboden legten. Elif Akay verteilte Kaffee für die Erwachsenen und Kakao für die Kinder.
„Was für ein herrlicher Tag!“, schwärmte Noahs Mutter.

„Noah, wollen wir nachmittags zusammen in die Stadt fahren? Wir könnten zusammen Eis essen oder …“
„Keine Zeit!“, unterbrach Noah seine Mutter. „Ich gehe mit Hatice schwimmen!“
„Ach so“, sagte Frau Klinger enttäuscht.
„Das hätte ihr mal früher einfallen können!“, flüsterte Noah Hatice zu. „Genau!“, sagte Hatice.
Sie steckte Mette-Maja ein Stück Räucherlachs zu.
Noah beobachtete sie fasziniert, sagte aber nichts.
„Sie könnten mit mir zum Strand-Yoga gehen“, schlug Frau Akay vor. „Das entspannt total.“
Noahs Mutter rührte in ihrer Kaffeetasse. „Das ist gar keine schlechte Idee! Christian, kommst du mit?“
Noahs Vaters wollte dann aber doch lieber eine Radtour machen.

Nach dem gemeinsamen Frühstück machten Hatice und Noah aus, sich um drei Uhr am Strand zu treffen. Zuvor wollte Hatice ein Mittagsschläfchen machen.

Mette-Maja hatte nichts dagegen einzuwenden. Zuvor hatten Sami und Tarek Hatice und Noah gefragt, ob sie Lust hatten auf Volleyball, aber beide hatten ihre Köpfe geschüttelt. Sie waren total kaputt.
Hatice warf sich aufs Bett, Mette-Maja machte es sich auf dem Teppich bequem. Ihr Speckbäuchlein hob und senkte sich, Hatice guckte zu – und war auch schon eingeschlafen.

Sie wachte auf, als jemand Steinchen gegen ihr Fenster warf. Hatice sah auf ihren Wecker – und lächelte. Schon fünf nach drei, sie hatte verschlafen! Es war sonnenklar, wer unter ihrem Fenster stand.
„Komme gleich!", schmetterte sie Noah entgegen. Sie packte Mette-Maja, die auch noch ganz verschlafen war, und eilte zum Strand.
Hinter der Düne breiteten Noah und Hatice ihre Handtücher aus,
Mette-Maja verschwand im Wasser.

Noah und Hatice streckten ihre Bäuche in die Sonne.
„Alles klar mit deinen Eltern?", fragte Hatice. Sie hatte gemerkt, dass bei Noah nicht alles rundlief.
„Ja!" Noah grinste. „Denen habe ich mal tüchtig meine Meinung gesagt! Ich glaube, das Yoga tut meiner Mutter gut."
Hatice nickte. „Man wird ganz ruhig dabei. Manchmal machen wir das sogar im Sportunterricht."
Noah drehte sich zu ihr. „Wir auch! Ich schlafe da immer ein!" Seine Miene wurde ernster. „Meine Eltern streiten schon seit Monaten!" Er trommelte mit den Fingern auf das Handtuch. „Was ich mache, ist ihnen total egal! Für die bin ich Luft!"
Hatice strich über den warmen Sand. „Deswegen bist du die ganze Zeit mit Kopfhörern rumgelaufen! Damit du dir das Gezanke nicht anhören musst."
„Jep!" Noah schnaubte. „Ich hab mich echt gefragt, was wir hier in Dänemark sollen! Urlaub mit Eltern, die sich ständig in den Haaren liegen – nein danke!" Seine Miene verfinsterte sich, dann lächelte er. „Zum Glück habe ich dich getroffen!"

Hatice lächelte zurück. „Ich bin auch froh! Jetzt kann ich sogar den Kopfsprung!" Sie seufzte. „Meine Brüder zeigen mir so was nicht. Die halten sich für die tollsten Typen der Welt!" Sie pustete eine Locke aus dem Gesicht. Nach dem Duschen kringelten sich die Haare besonders schön. „Sie wollen nicht mit mir schwimmen und nicht mit mir tauchen!"

„Das macht doch so viel Spaß!", wunderte sich Noah. „Solche Pfefferheinis!"

Hatice lachte und erzählte, dass ihre Brüder eine Liste machten mit einem Schimpfwörter-Abc. „Damit sammeln sie Punkte bei Stadt-Land-Fluss!"

Noah schüttelte ungläubig den Kopf. „Also ich spiel das anders."

Hatice erzählte, dass sie vielleicht Meeresforscherin werden wollte. Noah hielt das für eine gute Idee.

Er selbst wollte Musikproduzent werden. „Das ist jemand, der neue Bands entdeckt und groß rausbringt!"

„Klingt interessant!", fand Hatice. Noah zog seine Kopfhörer aus der Tasche und spielte Hatice seine

Lieblingslieder vor. Sie steckten ihre Köpfe zusammen, Noah hielt die Hörer in die Mitte und jeder lauschte an seiner Seite.

Hatice erzählte von ihrer Freundin Sibel, von ihren Klassenkameraden und sogar von ihrer superpingeligen Nachbarin, Frau Rettich. „Die ist so streng, du darfst nicht mal laut atmen, wenn du an ihrer Tür vorbeigehst!“

Die Sonne strahlte vom Himmel, Hatices Mutter hatte recht gehabt: Es war der wärmste Tag der Woche.

Sie machten sich auf den Weg zum Badefloß und hüpften ins Wasser.

Irgendwann kam Hatices Vater angeschwommen. Leyla schob er in ihrer Schwimmente vor sich her.

Der Vater zeigte Hatice, wie man einen Kopfsprung machte, und verlor dabei fast seine Badehose.

Hatice lachte – und machte selbst einen perfekten Kopfsprung! Der Vater staunte und applaudierte.

Nach einer Weile schwammen sie an Land, der Vater nahm Leyla auf den Arm und verabschiedete sich. „Ich muss noch einkaufen!“

Stattdessen kamen Sami und Tarek vorbei.
„Na, wie wars beim Volleyball?“, fragte Noah.
Richtig! Heute hätten sie ja mitspielen können!
„Da war nicht viel los!“, antwortete Tarek. „Die anderen sind schon abgereist.“
Sie wanderten den Strand entlang und sammelten Muscheln, Steine und Holzstücke, die vom Wasser blank poliert waren.
„Ich sehe eine Haticerone Akayari!“, rief Hatice und fischte eine Alge aus dem Meer. „Diese Art gab es bisher nur in Japan!“
„Interessant, interessant!“, murmelte Noah. „Das erzähle ich zu Hause meiner Biologielehrerin!“

Ein wichtiger Punkt war noch zu klären: Wann hoben sie den Schatz?
Hatice und Noah saßen auf der Veranda des Ferienhauses. Hatice trug ihre Kapitänsmütze, Noah hatte seine Kopfhörer um den Hals.

„Wie wäre es morgen?“, schlug Noah vor.

Hatice war einverstanden. Morgen war Freitag, am Samstag fuhren beide Familien nach Hause.

Hinter ihnen tobten Sami und Tarek durch die Küche.

„Quadratschnösel!“, rief Sami.

„Rotzbatzi!“, antwortete Tarek.

„Sie sind schon bei Q und R“, erläuterte Hatice.

„Meinst du …?“

Sie steckten die Köpfe zusammen und begannen zu flüstern.

Die beiden Brüder sausten über die Veranda.

„Schwabbelrübe!“, rief Sami.

„Tüdelbüdel!“, grölte Tarek.

„S und T“, fasste Noah zusammen.

„Unterwasserpupser!“

Sami nickte anerkennend. „Schnell kapiert!“

Sie setzten sich auf den Boden.

„Die Schatzkarte …“, begann Hatice.

„Sorry!“, murmelte Sami.

„Kann man sie noch lesen?“, fragte Tarek schuldbewusst.

Hatice nahm ihre Kapitänsmütze ab und breitete die Karte auf dem Boden aus. Die Jungen starrten fasziniert auf die Linien und Buchstaben.
„Wir wollen morgen los!“, verkündete Hatice und wechselte einen Blick mit Noah.
Der räusperte sich. „Wenn ihr wollt, könnt ihr mitkommen.“
Tarek strahlte. „Echt jetzt?“
„Das ist voll cool von euch!“, rief Sami.
„Vielleicht finden wir eine Kiste voller Goldstücke drin, dann sind wir reich!“, jubelte Tarek.
Hatice zuckte zusammen. Wollten die beiden sich schon wieder den Schatz unter den Nagel reißen?
„Der Schatz gehört Hatice!“, stellte Noah im selben Moment klar. „Schließlich hat sie die Schatzkarte gefunden.“
„Okay“, lenkte Sami ein. „Hatice ist der Boss.“
Mit geröteten Gesichtern standen sie da und freuten sich auf morgen. Hatice gab sich einen Ruck.
„Wir teilen!“, sagte sie mit fester Stimme. „Das ist doch klar! Egal, was wir finden, wir teilen durch vier!“

„Sehr gut, kleine Krabbe", hörte sie da eine vertraute Stimme sagen. Hatice lächelte. Sie hatte die Robbe gar nicht kommen sehen.

Sie ging in die Knie, um Mette-Maja zu streicheln. Wie weich sich ihr Fell anfühlte!

„Meinen Schatz teile ich natürlich mit dir!" Sie schlang die Arme um Mette-Majas Hals. Zum Glück studierten die drei Jungen gerade ausgiebig die „Skattekort".

20

Die Schatzsuche

Es dauerte am Freitag etwas länger, bis die Schatzsucher loskamen.

Erst packte ihnen Frau Akay alles für ein Picknick ein: Salamibrote, Zimtwecken und Apfelsaft. Dann wollte Herr Akay noch einen Blick auf die Karte werfen. Die sah inzwischen aus wie neu: Sami hatte sie getrocknet, Tarek hatte sie unter dicke Bücher gelegt und Hatice hatte die ausgewaschenen Linien nachgezogen.

„Ich glaube, ihr müsst tauchen!“, meinte der Vater.

„Soll ich euch nicht besser begleiten?“

Die drei Geschwister schüttelten gleichzeitig ihre Köpfe. „Das schaffen wir schon alleine!"

„Wir haben doch Mette-Maja!", rutschte es Hatice heraus.

Die Eltern wunderten sich sehr: Wieso sollte Hatices Schwimmrobbe bei der Schatzsuche helfen? Vielleicht als Glücksbringer? Sie winkten ihren Kindern fröhlich hinterher: „Viel Erfolg!"

Sami, Tarek und Hatice marschierten in voller Ausrüstung hinüber zu Noah.

Noah wartete mit seinen Eltern am Steg. Vier Schwimmwesten und ein Spaten lagen bereit. Sie kletterten ins Boot.

„Sollen wir nicht doch lieber mitkommen?", fragten Herr und Frau Klinger und reichten ihnen eine Decke und einen weiteren Picknickkorb.

Noah verdrehte die Augen. „Hatice und ich haben schon ganz andere Sachen hingekriegt!"

Sie lösten den Knoten der „Knuthilde“ und ruderten durch den Kanal hinaus aufs Meer.

Sie wechselten sich mit dem Rudern ab, mal waren Hatice und Noah ein Team, mal Sami und Tarek. Sie sahen nichts als Wasser, Wasser, Wasser!

Es glitzerte und funkelte. Mette-Maja war längst über Bord gehüpft. „Ich schaue mal kurz bei meinen Kumpels vorbei!“, verkündete sie.

„Bestell ihnen viele Grüße!“, rief Hatice und tauchte ihr Ruder ein. „Vielen Dank, dass sie uns gestern abgeschleppt haben!“

Sie war froh, dass Sami kurz zuvor ein Seemannslied angestimmt hatte, so waren die Jungen abgelenkt. Langsam sollten sie wieder glauben, dass Mette-Maja ein Gummitier war.

Nach einer Stunde erreichten sie die Kieferninsel. Hatice hielt sich die Schatzkarte vor die Nase. Das Kreuz befand sich am rechten Ufer.

„Steuerbord!“, kommandierte sie. Sami und Tarek ruderten los.
„Jetzt backbord!“ Sie erreichten den Punkt, der in der Karte eingezeichnet war.
„Ankern!“, rief die Kapitänin.
„Wir haben keinen Anker!“ Sami und Tarek lachten.
Die Schatzsucher beschlossen, die Insel zu umrunden.
Diesmal waren Hatice und Noah dran mit Rudern!
Hatice stimmte den Piratenrap an, den sie im Musikunterricht gelernt und schon auf dem Dachboden gesungen hatte: „Stellt euch vor, vor 300 Jahren, ein riesiges Schiff, die Segel sind schwarz!“
Die Jungen stimmten lauthals mit ein:
„Totenkopfflagge, Blackbeard ist der Name,
Geschichtsbücher sagen, der größte Pirat!“
Noah hörte genau zu. „Cooler Song! Sehr, sehr cooler Song!“
Gleichmäßig tauchten Hatice und Noah die Ruder ins Wasser. *Platsch, platsch, platsch*, das Platschen klang wie Musik.

Die Insel war nicht groß. Um sie zu umrunden, brauchten sie zwanzig Minuten. Außer der knorrigen Kiefer gab es Schilf, viel Gestrüpp und einen kleinen Sandstrand.

Als die „Knuthilde“ den Boden berührte, sprangen sie ins seichte Wasser und zogen sie an Land.

„Weiter ans Ufer!“, kommandierte Hatice. „Sonst schwimmt das Boot davon, wenn die Flut kommt!“

Die anderen nickten anerkennend. Daran hatten sie nicht gedacht.

„Picknick oder Schatzsuche?“, fragte Hatice in die Runde.

„Erst Picknick!“, waren sich die drei Jungen einig.

Sie breiteten die Decke aus und holten ihr Essen hervor. Alle lachten, als Noah seinen Picknickkorb öffnete: Darin befanden sich echte Teller, vornehme

Gläser und sogar Besteck! Außerdem Knäckebrot, Schokolade und Krabbensalat.
„So haben das die Forscher vor 200 Jahren auch gemacht!“, wusste Noah.
Hatice nickte eifrig. „Die hatten sogar Personal dabei. Sami, würdest du uns bitte den Apfelsaft einschenken?“
„Ich bin doch nicht dein Diener!“, protestierte Sami. So weit ging die Geschwisterliebe dann doch nicht. Jeder nahm sich selbst, was er mochte.
„Wo ist eigentlich deine Robbe?“, fragte Noah mit vollen Backen.
„Na, da drüben!“, antwortete Hatice und deutete ins Schilf.
Gerade watschelte Mette-Maja an Land.
„Oh!“ Noah staunte. „Mag sie Krabbensalat?“
„Ganz bestimmt!“, antwortete Hatice.
Unsicher beobachtete sie, wie Noah der Robbe ein Schälchen Krabbensalat hinstellte. Und was tat Mette-Maja?
Sie blieb einfach liegen! Hatice lächelte.

Mette-Maja hielt sich eben doch an die Regeln, die Mr. Morrison ihr beigebracht hatte.
Mette-Maja zwinkerte Hatice zu. „An dem Krabbensalat ist viel zu viel Mayo dran!“
„Gleich gibts Schokolade!“ Lachend kraulte Hatice die kleine Robbe.

Irgendwann waren ihre Bäuche voll. Hatice beschwerte die Schatzkarte mit vier Steinen. „Der Schatz liegt unterhalb einer Wand!“ Sie tippte mit dem Zeigefinger auf die Worte neben dem Kreuz: „Under vand!“
Noah kratzte sich am Kopf. „Komisch, ich habe vom Boot aus gar keine Felswand gesehen!“
„Dann müssen wir eben suchen!“, riefen die anderen. „Vielleicht ist sie zugewachsen?“
Sie packten den Spaten und liefen in Richtung Osten.
Mette-Maja robbte ins Wasser. „Wir sehen uns!“, rief sie Hatice zu.
Die vier Schatzsucher stapften über Dornen. Wie froh

sie waren, dass sie Turnschuhe trugen! Aber das Brombeergebüsch war undurchdringlich!
„Momentchen!“ Noah lief zurück, um das Silberbesteck zu holen. Er drückte Tarek eine Gabel in die Hand, er selbst zückte ein Messer.
„Biegt die Zweige zur Seite!“, rief Sami und half mit dem Spaten.
Sie kämpften sich durchs Dickicht, Schritt für Schritt. Nach einer Viertelstunde erreichten sie das östliche Ufer. Sami stieß den Spaten in den Boden. Wo mussten sie buddeln?
Mitten im Schilf war ein Loch, vielleicht ein Kaninchenbau?
Daneben ragte ein verwitterter Baumstamm schräg nach oben.
Aber nirgendwo war eine Wand!
Hatice erinnerte sich daran, dass der Vater behauptet hatte, sie müssten tauchen. Wie kam er darauf?
Sie guckten sich die Symbole auf der Karte genauer an. Und plötzlich ging den vier Schatzsuchern ein Licht auf: Die blauen Linien zeigten die Wassertiefe an!

In Hatices Kopf machte es *Pling*: „Under vand“ bedeutete gar nicht „Unter der Wand“, sondern „Unter Wasser“!
Klar, das Freizeitgelände „Vandmanden“ hieß übersetzt „Wassermann“ – und nicht „Wandmann“! Sie hatte extra im Lexikon nachgesehen.

Jetzt wurde es spannend!
Was konnte man unter Wasser verstecken?
Ein Fass?
Eine Kiste voller Geld?
Münzen würden im Wasser verrosten!
Hatices Finger zitterten vor Aufregung. Hoffentlich lauerte da unten kein Seeungeheuer!
Sie schlüpften aus ihren Kleidern und standen in Badesachen da. Eine Robbe taucht auf und winkte.
Das war das Signal für Hatice.
„Bereit für den ersten Tauchgang?“, fragte Hatice in die Runde. Alle nickten.

Sami und Tarek zogen die Schwimmflossen an und stülpten sich Taucherbrillen über die Augen. *Blubb, blubb, blubb.* Weg waren sie.
Hatice und Noah legten ebenfalls ihre Ausrüstung an. Sie tauchten ab.
Sand wirbelte auf, zunächst war das Wasser trüb und grün. Aber schon nach wenigen Sekunden wurde es klarer und Hatice entdeckte mehrere große Felsen unter Wasser. Zwischen den Felsen klaffte ein Spalt. Nur leider ging ihnen die Luft aus.
Hatice schoss mit Mette-Maja nach oben. Noah war neben ihnen.
„Da war ein Eingang!“, japste Hatice.
Noah hatte ihn auch gesehen. „Wir bräuchten eine Sauerstoffflasche, um da reinzuschwimmen!“ Er blickte sich um. „Oder eine Tauchrobbe“, meinte er.
Sami und Tarek tauchten noch einmal nach unten. Sie entdeckten den Spalt ebenfalls, trauten sich aber nicht hinein.
„Wer weiß, was dort lauert!“, rief Tarek. „Vielleicht eine Seeschlange.“

„Außerdem kann kein Mensch so lange die Luft anhalten!“, ergänzte Sami.
Hatice schlang die Hände um Mette-Majas Hals. Sie redeten leise miteinander.
Erst sprach Hatice und Mette-Maja nickte. Dann war es andersherum. Schließlich gab Hatice ihrer Robbe einen Klaps auf den Po und schon schwamm Mette-Maja ins Meer hinaus.
Sami, Tarek, Noah und Hatice blickten gebannt den Blubberbläschen hinterher.

Hatice wusste, dass Mette-Maja bis zu 200 Meter tief tauchen konnte. Trotzdem machte sie sich schreckliche Sorgen. Was, wenn dort wirklich ein gefährliches Tier lauerte? Was, wenn sie den Schatz nicht tragen konnte?
Sie presste ihre Handflächen aneinander und starrte auf die Stelle im Meer, wo Mette-Maja abgetaucht war.
Hatice und die drei Jungen sangen fünfmal

hintereinander den Piratenrap, dann tauchte endlich ein graues Köpfchen auf. Im Maul hielt Mette-Maja – eine Flasche!

Mit drei Stößen war die Robbe am Ufer, mit zitternden Händen nahm Hatice die Flasche entgegen.

Die Flasche bestand aus hellgrünem Glas und war mit einem Korken verschlossen. In der Flasche steckte eine Nachricht.

Noah zog an dem Korken. Der steckte ganz schön fest. *Plopp* – der Korken hüpfte aus dem Flaschenhals und Hatice angelte den Brief heraus.
Zum Glück war die Nachricht in zwei Sprachen abgefasst – in Dänisch und Deutsch.

Hatice las den deutschen Text:

Herzlichen Glückwunsch!
Du bist der Tauch-Champion!
Nun wartet eine große Überraschung auf Dich.
Viele Grüße
Kirsten

21 Der letzte Abend

Glücklich kehrten die vier Schatzsucher an ihren Strand zurück.

Sie machten die „Knuthilde“ fest und trugen stolz die Flasche an Land.

Sami hielt sie hoch wie eine Trophäe. Hatice, die Kapitänin, hatte ihre Schwimmrobbe im Arm.

„Ist das Kirsten, unsere Vermieterin?“, fragte Herr Akay, als er den Brief las.

„Das werden wir gleich herausfinden, Papa!“, antwortete Hatice.

Die Mutter machte ein Foto von der Flasche und den Kindern. Dann marschierten die vier Schatzsucher ins Dorf, direkt zum „Laden, der alles hat".

Hatice legte den Brief auf die Ladentheke.

Kirsten lachte. „Das ist ja unglaublich! Nach drei Jahren kommt endlich jemand!"

„Wieso?", sprudelte Hatice los. „Wie kam die Karte denn in die Jacke auf dem Dachboden? Und wie kam die Flasche in das Versteck?"

Mette-Maja hatte ihr auf der Rückfahrt erzählt, dass sie durch einen Felstunnel getaucht war. Ganz am Ende lag die hellgrüne Flasche, die sie locker mit dem Mund packen konnte.

„Also, das war so!" Kirsten legte ihre Ellenbogen auf die Ladentheke. „Bis vor einigen Jahren hatte ich eine Tauchschule. Für die Tauchprüfung hatte ich eine besondere Idee: Ich wollte die Kinder in den Tunnel schicken. Aber keiner hat sich getraut!" Sie musterte die Kinder. „Außer euch!"

Die vier Schatzsucher strahlten vor Stolz.

„Ich habe die Karte gezeichnet und sie den Kindern

gegeben. Für die Prüfung schlüpfte ich in den alten Mantel meines Vaters. Der war mal Kapitän!“ Sie nickte Hatice zu. „Du trägst übrigens seine Mütze. Steht dir gut!“ Hatice ging ein Licht auf: Kirstens Familie hatte früher in dem Ferienhaus gewohnt. Die Sachen auf dem Dachboden gehörten ihrem Vater!
„Und dann?“, fragten Sami und Tarek.
Kirsten lachte: „Wie gesagt: Niemand konnte die Aufgabe lösen. Sie war zu schwer. Die Kinder gaben mir die Schatzkarte zurück und ich habe sie in die Jacke gesteckt. Bis eben hatte ich sie total vergessen!“
Hatice breitete die Schatzkarte auf der Ladentheke aus. „Ist das deine Schrift?“
„Na klar!“, sagte Kirsten und kritzelte zum Beweis ihren Namen auf die Karte.
„Irre Geschichte“, fand Noah.
„Dann hast du früher in unserem Ferienhaus gewohnt?“, fragte Tarek noch einmal nach.
Kirsten nickte. „Genau! Ich wollte schon längst mal den ganzen Plunder wegwerfen, aber ich komme einfach nicht dazu!“

Die Ladenglocke bimmelte und Kundschaft strömte herein.
„Bitte nicht aufräumen!", rief Hatice. „Ohne das Durcheinander auf dem Dachboden wären die Ferien längst nicht so spannend geworden!"
„Was ist denn jetzt die Überraschung?", wollte Sami wissen.
„Ihr habt alle vier den Schatz gefunden?", hakte Kirsten nach.
Die Schatzsucher nickten. Hatice zwinkerte Mette-Maja zu.
„Dann dürft ihr euch alle was aussuchen!"
Die Kinder jubelten. Hatice wusste gleich, was sie haben wollte: den Rucksack mit den Robben. Damit würde sie am Montag in die Schule gehen! Von ihrem eigenen Geld kaufte sie eine Dose Krabben ohne Mayo und eine Postkarte, auf der der Strand abgebildet war. Die würde sie Miss Cornfield schicken.
Sami und Tarek brauchten etwas länger. Die Hai- und Delfin-Gummitiere waren nämlich ausverkauft. Nach einigem Hin und Her entschied sich Sami für einen

weißen Schwan und Tarek für ein Nilpferd. Noah tippte mit dem Finger auf einen Flamingo.
Zum Schluss bekam Hatice sogar noch ein Extra-Geschenk.
„Behalt die Mütze!", sagte Kirsten zu ihr. „Sie sieht toll aus!"
„Tak!", sagte Hatice und freute sich riesig.
Dann nahm sie Mette-Maja in den Arm und flüsterte ihr ins Ohr: „Herzlichen Glückwunsch, du Tauch-Champion!" Sie hielt ihr die Krabbendose vor die Nase, Mette-Maja strahlte.

Nachmittags trafen sich die vier Schatzsucher wieder am Strand.
Sie blieben nicht lange allein: Elif Akay verzichtete auf ihren Yogakurs, auch Mehmet Akay und Leyla kamen angeschwommen. Es machte Spaß, mit den Schwimmtieren zu spielen.
Leyla durfte erst auf dem rosa Flamingo, dann auf der

grauen Robbe reiten. Noah lieh sich solange ihre Badeente aus.
Nach einer Weile ruderten Noahs Eltern mit der „Knuthilde“ vorbei. „Schade, dass wir morgen wieder nach Hause müssen! Jetzt, wo es am allerschönsten ist!“
Sie wollten in Richtung Insel fahren, drehten jedoch auf halber Strecke um, weil es ihnen zu anstrengend war. Später spielten sie Boccia und bauten mit dem Sandspielzeug eine Wasserburg mit vielen Gräben und Schleusen.

Die Eltern schlugen vor, später zusammen im Dorf zu essen, aber die Kinder hatten eine bessere Idee.
„Wir machen ein Lagerfeuer am Strand und grillen Kartoffeln!“
Sofort waren alle begeistert.
Und so saßen die beiden Familien abends zusammen am Meer. Sie pusteten ins Feuer und unterhielten sich.

Außer Kartoffeln gab es noch Lammkoteletts und Würstchen, Mais und leckere Soßen zum Eintunken. Hatice organisierte für Mette-Maja Fisch. Der brutzelte in Alufolie im Feuer und duftete ganz hervorragend.

Und wieder malte die Sonne eine goldene Straße auf das dunkelblaue Meer. Es sah noch viel schöner aus als auf dem Poster in Hatices Kinderzimmer!

Mette-Maja zappelte unruhig hin und her. „Liebste Hatice!", fragte sie. „Du hast doch nichts dagegen, wenn ich einen allerletzten Ausflug mache?"
Hatice streichelte über ihren Rücken. „Zieh schon ab, Mette-Maja! Viel Spaß! Und grüß mir die Kumpels!"
Mette-Maja watschelte unbemerkt ins Wasser.

„Ich will nicht nach Hause!", rief Sami und pustete auf seine heiße Kartoffel. „Am Montag müssen wir wieder in die Schule!"

Hatice spielte mit den Füßen im Sand. Sie war anderer Meinung – sie freute sich auf Montag. „In meiner Klasse ist es schön!“, sagte sie.
Und während Sami und Tarek die Schwester nach hinten schubsten und mit Sand zubuddelten, begann sie zu träumen: Wen Sibel wohl im Schwimmbad getroffen hatte? Wie es Henry mit dem Rettich ergangen war? Ob Schoki tatsächlich die ganze Zeit mit seinem Opa Sauerkraut essen musste?
„Du kannst nicht nach Hause!“, rief Sami. „Du bist eine Sandleiche!“
Er kippte eine letzte Schaufel Sand auf Hatices Haare.
Hatice schüttelte sich. „Gar nicht wahr! Ich bin eine Schatzsucherin!“
Aber stimmte das denn?
Hatice musste an Miss Cornfields Frage denken:
Was willst du werden?
Silberne Sternchen tanzten übers Wasser und plötzlich wusste sie die Antwort.

Letztes Kapitel: Zu Hause

Vor dem Schlafengehen spazierten Hatice und Noah am Strand entlang.
Der Mond leuchtete hell am Nachthimmel, Wellen schwappten an den Strand. „Sag mal, wie funktioniert das denn wirklich mit deiner Robbe?“, wollte Noah wissen.
„Mit Magie!“, antwortete Hatice und lächelte.
Noah fragte nicht länger nach.
Sie sprachen über Sachen, die sie machen wollten, wenn sie wieder zu Hause waren. „Sibel treffen, oft ins

Schwimmbad gehen, mit der Familie was gemeinsam unternehmen!“, zählte Hatice auf. „Außerdem hänge ich in meinem Zimmer die Hängematte auf. Das habe ich im Urlaub viel zu selten gemacht!“

Noah nickte. „Mal sehen, ob sich meine Eltern wieder einkriegen!“ Er grinste. „Nach dem Yoga gestern habe ich sie Händchen haltend am Strand gesehen.“

Hatice blickte übers Wasser. In der Ferne waren graue Punkte zu erkennen. Sie bewegten sich aufeinander zu und voneinander weg. Mal verschwanden sie für ein paar Sekunden, dann tauchten sie an anderer Stelle wieder auf. Es war großartig, die Robben miteinander spielen zu sehen! Und Mette-Maja war mittendrin! Hatice wurde ganz warm ums Herz.

„Von dem Foto mit der Flasche lasse ich mir eine riesige Vergrößerung machen und hänge es mir an die Wand!“, sagte sie.

„Super Idee!“ Noah nickte. „Das mache ich auch!“

Sie tauschten Adressen und Telefonnummern aus und versprachen, sich oft zu schreiben und miteinander zu telefonieren.

Später, in ihrem Zimmer, erinnerte Mette-Maja Hatice an Miss Cornfields Rätsel. „Du musst noch die Hausausgaben machen, kleine Krabbe!"
Hatice griff müde nach der Bastelkiste und schnappte sich einen Stift. Sie überlegte kurz, dann schrieb sie ein paar Worte auf die Postkarte. Zufrieden sank sie auf ihr Kopfkissen.
Sie lauschte den Möwen. Endlich schlief sie ein.

Kaum zu glauben, wie viel Kram sich innerhalb von einer Woche in dem Ferienhaus angesammelt hatte! Plastiktiere, Muscheln, bunte Steine … Familie Akay schleppte alles ins Auto. Dass Hatices Schulheft leer geblieben war, war nicht schlimm. Hatice hatte keine Zeit gehabt, ihre Schätze abzumalen und einzutragen. Die Alge namens „Haticerone Akayari" wurde nicht dokumentiert.

Irgendwann hatten sie es geschafft, alles zu verstauen. Frau Akay schloss die Tür ab. „Ich habe das Gefühl, wir kommen wieder!" Sie klopfte zum Abschied gegen die Hauswand. „Farvel!", rief sie.
„Farvel!", riefen auch die anderen.
Dann quetschten sie sich in den blauen VW-Bus und rollten los.
Im Dorf warf Hatice die Postkarte an Miss Cornfield ein.
Über Landstraßen ging es weiter auf die Autobahn. Mette-Maja lag auf Hatices Schoß und auch Leyla hatte ihre Schwimmente an sich gepresst. Schwan und Nilpferd lagen zusammengefaltet im Kofferraum.
Diesmal machten sie nur eine kurze Pause an einer Raststätte. Mette-Maja war in der letzten Woche so oft im Wasser gewesen, dass sie es locker schaffte, mehrere Stunden ohne Planschen auszukommen.
Mitten in der Nacht kamen sie zu Hause an.
Sie fanden einen Parkplatz direkt vor der Tür und beschlossen, erst am nächsten Tag auszupacken. Alle wollten nur eins: Ab ins Bett.

Hatice fand es schön, wieder in ihrem Zimmer zu schlafen, und auch Mette-Maja gähnte zufrieden.
„Morgen", murmelte sie und rollte auf dem Teppich hin und her. „Morgen hüpfe ich in den Stadtbach! Es tut gut, wieder zu Hause zu sein!"
Hatice lächelte in der Dunkelheit vor sich hin: zu Hause! Mette-Maja hatte zu Hause gesagt!
Sie bekam noch mit, wie ihre Eltern in der Küche herumräumten und ihre Brüder ins Bad schlurften.
Dann wurde es still.
Schön war es zu Hause … aber das Geschrei der Möwen und das Rauschen der Wellen vermisste Hatice schon ein bisschen!

Liebe Mi Cornfield,
wenn ich will, kann ich
alles werden:
Unterwasserforscherin,
Schatzsucherin und
Lebensretterin.
Bis bald!
Hatice
Wintersteinschule
Miss Mary Cornfield
straße 9

Das war das sechste Ferienabenteuer aus der Schule der magischen Tiere.
Ferien mit einer magischen Robbe sind einfach genial – oder?
Aber in Miss Cornfields Klasse gibt es noch viel mehr Kinder und magische Tiere:

Helene und der vornehme Kater **Karajan** aus Paris

Jo und der gut aussehende Pinguin **Juri** aus der Antarktis

Schoki und das schokosüchtige Pinselohrschwein **Peperoni** aus dem Senegal

Eddie und die lustige Fledermaus **Eugenia** aus Oberbayern

Anna-Lena und das bunte Chamäleon **Caspar** aus Madagaskar

Finja und das kuschelige Koalamädchen **Sydney** aus Australien

Yannik und der freche Schimpanse **Tingo** aus Tansania

Franka und die coole Ratte **Cooper** aus London

Max und die weise Eule **Muriel** aus Athen

Benni und die schlaue Schildkröte **Henrietta** aus der Karibik

Ronja und der putzige Streunerhund **Toffi** aus Deutschland

Lothar und das talentierte Känguru **William** aus Australien

Luna und der edle Falke **Salim**

Zack und das stachlige Stachelschwein **Zeki**

Elisa und die wilde Wölfin **Silber** aus Deutschland

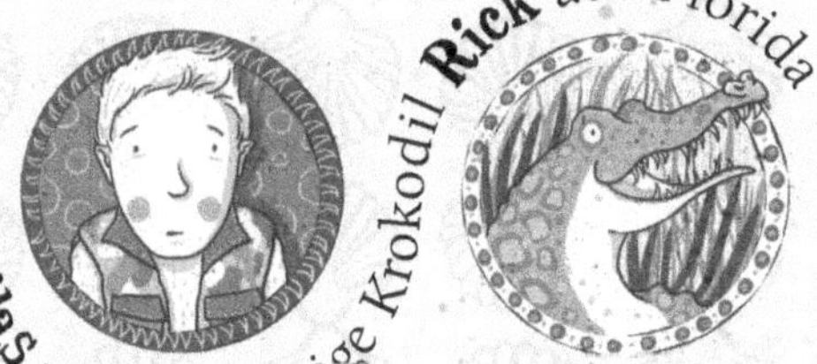

Was die wohl alle so in den Ferien treiben?

Erlebe auch die anderen Abenteuer!

In der Schule der magischen Tiere
ist wirklich immer was los!
Aber was passiert eigentlich, wenn die Türen
der Wintersteinschule geschlossen sind?
Wenn es für Miss Cornfields Schüler heißt:
Endlich Ferien!
Ida und Rabbat klären einen Hoteldiebstahl auf,
Silas und Rick kämpfen um den Waldmeisterpokal.
Henry und Leander jagen ein Schlossgespenst,
Helene und Karajan fliegen nach Paris.
Benni und Henrietta suchen Ufos.
Und was machen Max und Muriel?
Lies auch das siebte Ferienabenteuer!

Die Schule der magischen Tiere – Endlich Ferien

Max und Muriel

Dieses Abenteuer erscheint im Frühjahr 2022.

Sie landeten vor der magischen Zoohandlung, einem grauen Haus mit roten Fensterläden. Der Omnibus parkte am Straßenrand.
Durch das Fenster konnten die Kinder sehen, dass Mary und Mortimer am Tisch saßen und Tee tranken.
Die Kinder und Tiere versteckten sich hinter einer Mauer.
Mortimer beugte sich über ein Blatt Papier, das er wieder und wieder mit den Händen glatt strich.
„Was könnte nur in dem Brief stehen?", rätselte Max.
„Vielleicht war das Schreiben für Miss Cornfield! Doofe Kollegen haben sich beschwert und sie kommt an eine andere Schule!", überlegte Leonie.
Die anderen wechselten erschrockene Blicke. Jeder wusste, dass Leonie sehnsüchtig auf ein magisches Pony wartete!
„Mortimer ist das Geld ausgegangen!", meinte Helene. „Was ein Eisbär alles frisst! Mortimer hat eine Bank ausgeraubt und jetzt muss er in den Knast!"
Miriam stupste Ida an. „Ein Eisbär?", flüsterte sie. „Es gibt einen Eisbären?"
„Na klar", antwortete Ida. „Hab ich dir das nicht erzählt?"

Miriam spürte einen Piks in ihrem Bauch. „Vielleicht ist Ashanti ausgebüxt!“, stotterte sie, weil sie auch etwas sagen wollte. „Die Schwarze Mamba hat jemanden gebissen und Mr. Morrison bekam eine Anzeige. Wegen Tierschmuggel! Irgendwie so was.“

„Vorstellbar wärs“, murmelte Lothar. William, sein Känguru, war lange in Gefangenschaft gewesen.

„Guckt doch mal genau hin!“ Der Professor deutete in Richtung Fenster. Die Schlange baumelte um Mary Cornfields Hals.

„Oh!“ Miriam schluckte. „Hab ich gar nicht gesehen!“

„Du gehörst nicht zum Club!“, erinnerte sie Helene.

Miriam schrumpfte immer mehr in sich zusammen.

„Oje, oje, oje!“, schnarrte Muriel, die Eule.

Mortimer stand auf und öffnete das Fenster. Jetzt konnten die Kinder und Tiere hören, worüber die beiden Erwachsenen sprachen.

„Wann brechen wir auf?“, fragte Mary.

„So bald wie möglich!“, antwortete Mortimer.

„Wohin fahren die?“, wunderte sich Eddie. „Mr. Morrison ist doch gerade erst von einer Reise zurückgekommen.“

Die Tür ging auf, Murphy betrat das Zimmer. Der Eisbär hielt eine Kuchenplatte in der Hand. Miriam schrie laut auf, Helene warf ihr einen eisigen Blick zu.

„'tschuldigung!“, murmelte Miriam.

„Macht doch nichts!“ Anna-Lena lächelte Miriam an. „Ich würde viel lauter schreien, wenn plötzlich ein Eisbär vor mir stünde!“

Miriam nickte dankbar und war trotzdem enttäuscht. Wieso verteidigte Ida sie nicht? Wo war sie überhaupt? Ah, sie tuschelte mit Jo!

„Seid ihr sicher, dass ich nicht mitkommen soll?“ Murphy stellte den Gugelhupf auf den Tisch. „Ich bin groß und stark und könnte Mortimer beschützen!“

Die Tiere im Versteck übersetzten für ihre Kinder. Es ging also um Mortimer, nicht um ihre Lehrerin!

Miss Cornfield winkte ab. „Danke, Murphy, das ist sehr nett von dir! Es reicht, wenn ich Mortimer begleite. Du musst dich um die magische Zoohandlung kümmern. Um Ashanti, die Erdmännchen, Wattwürmer, den Biber und um Fitzgeraldo!“

„Fitzgeraldo!“, zwitscherte Eugenia. „Wer ist dieseriche Kamerad?“

„Weißt du es?“ Miriam tippte Helene an, die zufällig neben ihr saß.

Helene zuckte mit den Schultern. „Keine Ahnung!“

„Ach!“, antwortete Miriam. „Und ich dachte, du gehörst zum magischen Kreis und kennst dich aus!“

Karajan knurrte, Helene klappte der Mund auf.

Murphy schwenkte die blau-weiße Porzellankanne. „Wer will noch Tee?“

„Ich bitte!“, rief Mary Cornfield. Etwas leiser setzte sie hinzu: „Wir kriegen das schon hin, Bruderherz!“

Mary schlüpfte in ihren roten Samtmantel, griff zu Koffer und Regenschirm und schritt in Richtung Haustür. „Auf Wiedersehen! Denk dran, Murphy, was du uns versprochen hast: Erzähle niemandem, wohin wir fahren!“

Der Eisbär nickte.

„Tschüssikowski!“ Die Elster flatterte nach draußen.

Mr. Morrison packte den restlichen Gugelhupf ein.

„Reiseproviant!", entschuldigte er sich bei den Erdmännchen. „Wir haben eine lange Fahrt vor uns!"
„Och!", jammerten die Erdmännchen.
Mortimer und Mary traten vor die Tür. Hinter ihnen stand Murphy. Mit dem Taschentuch in der Tatze sah er sehr traurig aus.
Die Kinder und Tiere duckten sich hinter der Mauer. Schimpanse Tingo kletterte auf eine Straßenlaterne.
„Die lassen Murphy ganz allein zurück!", schniefte Finja und drückte Sydney fest an sich.
„Also, an Gesellschaft mangelt es ihm nicht", tröstete sie das Koalamädchen und deutete zur Tür. An Murphys Unterarmen hatten sich sechs Erdmännchen festgekrallt.
Murphy schüttelte sie ab und folgte Mary und Mortimer zum Bus.
Der Motor begann zu brummen.
„Tschüssikowski!", rief Pinkie noch einmal, diesmal aus dem Omnibus.
Tränen kullerten über Murphys Wangen.
„Armer Murphy!" Anna-Lena musste selbst fast ein bisschen weinen.
„Heulsuse", zeterte Muriel.
„Wo sind eigentlich Ida, Miriam, Benni und Jo?", fragte Max.
„Die sind da drinnen!", rief Tingo von seinem Ausguck. Der Schimpanse saß noch immer auf der Straßenlaterne und winkte lässig dem Omnibus hinterher, der kleiner und kleiner wurde.
„Mondiö!", stammelte Karajan.

WER SIND DEINE MAGISCHEN FREUNDE?

Margit Auer
DIE SCHULE DER MAGISCHEN TIERE: MEINE FREUNDE (FREUNDEBUCH)
Mit Bildern von Nina Dulleck
Hardcover
128 Seiten
ISBN 978-3-551-65033-7

IN DER SCHULE DER MAGISCHEN TIERE FINDET JEDES KIND einen besten Freund! Wer sind deine Freunde? Hier erfährst du alles, was du schon immer über sie wissen wolltest! Welches magische Tier sie gern hätten, welche Filme sie mögen und was sie später mal werden wollen ... Auch Ida und Rabbat, Benni und Henrietta, Jo, Helene und ihre magischen Tiere haben schon eingetragen! Viele magische Nachrichten warten auf dich!

DIE MAGISCHEN TIERE HABEN ENDLICH FERIEN

Band 1:
RABBAT UND IDA
ISBN 978-3-551-65331-4

Band 2:
SILAS UND RICK
ISBN 978-3-551-65332-1

Band 3:
HENRY UND LEANDER
ISBN 978-3-551-65333-8

Band 4:
HELENE UND KARAJAN
ISBN 978-3-551-65334-5

Band 5:
BENNI UND HENRIETTA
ISBN 978-3-551-65335-2

Band 6:
HATICE UND METTE-MAJA
ISBN 978-3-551-65336-9

WWW.CARLSEN.DE

CARLSEN

WILLKOMMEN IN DER SCHOOL OF TALENTS!

Silke Schellhammer
SCHOOL OF TALENTS 1:
ERSTE STUNDE: TIERISCH LAUT!
ISBN 978-3-551-65146-4
240 Seiten
Hardcover
Auch als E-Book erhältlich

AUF DIESEM INTERNAT HABEN ALLE EIN BESONDERES TALENT. Alva kann Tiere verstehen. Alle Tiere. Und Tiere reden sehr LAUT. Doch auf Alvas neuem Internat ist das gar nicht ungewöhnlich. Mala kann Wasser beeinflussen, Till sich schrumpfen und Jonas sogar seine Gestalt wechseln. Fliegende Mitschülerinnen und Kinder, die durch Wände laufen, sind hier ganz normal. Aber warum spricht die kaputte Anzeigetafel in der Cafeteria in Rätseln? Und gibt es auf der Insel wirklich einen Schatz?

Silke Schellhammer
SCHOOL OF TALENTS 2:
ZWEITE STUNDE: STROMAUSFALL!
ISBN 978-3-551-65147-1
256 Seiten
Hardcover
Auch als E-Book erhältlich

FILMFIEBER IN DER SCHOOL OF TALENTS! Das Internat veranstaltet einen Filmwettbewerb und alle setzen ihre phänomenalen Talente ein, um die tollsten Szenen zu drehen. Alvas Freund Jonas will unbedingt gewinnen. Doch seltsame Stromausfälle bringen den großen Premieren-Abend in Gefahr. Wer steckt dahinter? Und kann die geheimnisvolle Anzeigetafel den Freunden dabei helfen, Licht ins Dunkel zu bringen?

Die Ferienabenteuer aus der Schule der magischen Tiere
gibt es überall im Buchhandel und auf carlsen.de

Kennst du schon unsere Internetseite rund um die Schule der magischen Tiere?
carlsen.de/kinderbuecher/schuledermagischentiere
Fanwissen, Lesetipps, Bonusmaterial – das bekommst du alles im Newsletter:
carlsen.de/newsletter-magischetiere

Willst du dein eigenes magisches Tier zeichnen?
Nina Dulleck zeigt dir in ihrem Youtube-Kanal, wie es geht!

Mit Fragen zur Produktsicherheit wenden Sie sich bitte an:
carlsen.de/kontakt

Völckersstraße 14–20, 22765 Hamburg
Umschlag und Innenillustrationen: Nina Dulleck
Umschlaggrafik: Sabine Reddig
Redaktion & Konzeption: Claudia Scharf
Lektorat: Jacqueline Guse
Herstellung und Gestaltung: Constanze Hinz
Lithografie: Margit Dittes Media, Hamburg
Satz: Pinkuin Satz und Datentechnik, Berlin
ISBN 978-3-551- 65336-9